JN076631

NONFICTION
論創ノンフィクション
016

Jap（ジャップ）と呼ばれて

宍戸清孝

論創社

2羽の鶴は自由を奪われた戦時中の日系人を象徴している（ワシントンDC）

はじめに

戦後一五年過ぎた頃（一九六〇年）、僕は遊ぶことに夢中な少年だった。しかし桜が咲き香る季節だけは僕の中でおもむきがちょっと違った。近くの神社の春祭り、その境内に傷痍軍人の痛々しい姿を目の当たりにしなければならないからだった。盲目の人、腕や足を失った人、頭が陥没してしまった人等が奏でる音楽。祭りの賑わいとはかけ離れたその空気から早く逃れたい一心で、僕は両の目をきつく閉じて母の手のひらを握りしめ、早足で通り過ぎるのがやっとであった。後ろから追いかけてくるかのような、悲しげなアコーディオンの響きは、はらはらと散り始めた桜の花びらの香りとともに、少年の僕の五体に染み入っていった。

中学一年の夏休み。伯父（日展入賞画家）が三沢基地で画商をしていた関係で、東北では唯一の米軍基地の中を案内してもらった。広大な敷地内は、テレビで観ていた憧れのアメリカンホームドラマそのものの町並みが広がっていた。あちこちにはためくアメリカンフラッグに目をみはり、大きなソフトクリームに舌鼓（したつづみ）を打つ。それでも少年の頃に見ていたあの傷痍軍人の印象と、基地の米兵の快活さとを無意識に比べて、やるせない気持ちになっている自分がいた。当時、ベトナム戦争の真っ只中であり、戦闘機が飛び立つ轟音がいつも響いている。戦争とはいったい何なのか、ここからベトナム取材に赴いていった沢田教一氏は、奇しくも伯父の友人でもあった。その後報道写真家として殉職した青森県出身の沢田氏の生き方に共感を覚え、僕はいつの日か日米の架け橋となりうる仕事をすると、心が定まっていった。

二五歳の青年になった僕は、渡米。そして、一九八〇年、三月一六日、帯在中のハワイで日系二世の一人の老人と出会った。彼の名はトーマス・オオミネ。運命の出会いであった。彼は、日系二世部隊四四二（一九四三年九月に第一三三歩兵連隊と合流した日系第一〇〇大隊は、翌年の三月には三四師団下の日系四四二部隊と合流し、四四二連隊となる）の旧隊員で、第二次世界大戦において過酷なヨーロッパ戦線等で、「Ｇｏ　Ｆｏｒ　Ｂｒｏｋｅ」（当たって砕けろ）の合い言葉のもと、米兵として勇敢に戦い抜き、連合軍のなかでも高い名誉と尊敬を勝ち得るに至った経緯をもっていた。三時間あまりに渡り、彼の話してくれたドラマは、僕にある決意を生み出させてくれたのであった。

一九四一年一二月七日（日本時間は八日）に起こった、日本軍によるパールハーバー奇襲攻撃以後、米国本土在住の日系人の九〇パーセントにも及ぶ人々が、不当にも裁判や審議をされないまま、鉄条網が張り巡らされた収容所に送られた。しかしそれでありながらも、自分たちを拒絶したアメリカ国の兵士として、一世の両親らの名誉回復のために、その囲いの中から自ら志願した若者たち。

　僕たちが学んだ歴史教科書では、たった数ページで完結させられてしまっている昭和の戦争史。国家間の衝突の是非も、その中に埋もれてしまった数多くのエピソードなど知る由もない僕たちが受けた教育。まして、同じ日本人の血を受け継ぎながらも米兵として出兵したという人々の数奇な運命を聞かせてもらったことは驚きだった。その軌跡をドキュメンタリーとして永遠に歴史に残す仕事こそ、僕に課せられた使命ではないのか。直感でそう思ったのだった。戦勝国、敗戦国と一線を画するのではなく同じ人間として双方の話を丹念に聞き合い、共通の歴史認識を持ち合うことが、真の平和を築く一歩となるのではないだろうか。僕の取材への挑戦は続いた。

　あるとき、同じ日系二世兵でも戦闘兵ではなく、情報部という分野で活躍した人が数多くいることを知った。彼らは日米双方の言葉に通じ、アメリカ軍の各部隊に広く配属されていたが、多くは南太平洋と東南アジア、中国に派遣され、捕虜の尋問などの任務で日本兵と対峙しなければならない運命が待ちうけていた。ＭＩＳ（ミリタリー・インテリジェンス・サービス）という情報部組織に、日系二世の隊員は、約六〇〇〇人。彼らの多くは、暗号解読等の任務の特殊性や守秘義務に忠実で、戦後も固く口を閉ざしていた。

　戦後、半世紀以上が過ぎ、高齢となった彼らのもとへ足繁く通い、幾度も語らいを重ねていくうちに、いつしか温かく迎え入れてくれるようになった。彼らは、生還できた者の使命として、自身の体験を後世に伝えるべきではないかと考え始めたように思える。

再会の瞬間に僕の肩を抱きながら自宅へ案内してくれる彼らの信頼に、伝達者としての使命を果たそうと誓うのだ。

Jap(ジャップ)と呼ばれて

アーチ・ミヤタケ

父は、日系人が裁判もなく収容所送りになるのは、あまりにも強制的で理不尽な処置なので、歴史的事実として何とか残しておかなければならないと言ってました。

私の父の名はトーヨー・ミヤダケと言います。もう亡くなりましたけど、有名な写真家でした。一九〇九年にロサンゼルスに先に来てお菓子屋を始めていた父親（祖父）に、家族が呼び寄せられました。父は、絵描きになりたかったようですが、母親（祖母）から反対されていたようでした。そんな父に誰かがカメラを貸したことがあって、それがきっかけで写真に興味を持つようになったのです。

一九二三年にあるホテルの中にあるスタジオが売りに出されていると聞き、購入しました。このホテルの名前が「トーヨーホテル」。不思議なことに父の名前と同じなので「トー

アーチ・ミヤタケ
（ロサンゼルス）

ヨースタジオ」と命名。その翌年に私が生まれました。

一九三二年には、ロサンゼルスオリンピックが開催され、父は朝日新聞社の依頼で、オリンピックの撮影を担当して、日本へ写真を送る仕事などもしていました。

一九四一年一二月七日の午前中でした。父に連れられて、車で日曜学校へ行く途中、ラジオから叫ぶ声が流れてきます。「日本軍がハワイを攻撃した」と。でも、これは何かの間違いだと思いました。学校の帰りに父のスタジオに寄ってみた時、大変なことになってしまったと一世の人たちが深刻な顔をしているのを見て、真実を初めて認識せざるをえなかったのです。

退去命令が下ったのは一カ月くらい後のことと思います。まもなくして日曜日に日系人の結婚式の撮影があって、披露宴のスナップを撮っていた最中に、突然ＦＢＩが入ってきてタキシードを着た人を二～三人連れていきました。その頃には、日系のコミュニティーの有力者は目を付けられておりましたし、日本語学校の関係者もどんどん連行されていました。

やがて私たちも、マンザナーの強制収容所へと汽車で向かうことになりました。ローンパインという駅で降りると、今度はバスに乗せられて、砂漠の真ん中を走って行くのです。収容所に着くと部屋番号を受け取ります。部屋は埃（ほこり）だらけで、床も板一枚で隙間から砂が入ってくるし、壁は板一材、外側に紙一枚だけかろうじて貼ってある状態でしたから、砂埃がどんどん強風で入ってきました。次にキャンパス布袋が渡され、その袋にわらをいれ

ローンパイン駅跡

てマットレス代わりにするのです。服も支給されましたが、第一次世界大戦の時に使った兵隊の軍服で、古いものばかりでした。

何カ月か過ぎてから床にカーペットを敷いてくれたり、壁紙を貼ってくれたりするようになりましたが、彼らの仕事がスローなので、自分たちでてきぱきと貼ってしまいました。そうでもしないとストーブひとつで、冬の冷たい風と砂埃と闘うのはたまりませんでしたから。

私たちは、政府からもらった植物の種をまいて育てたり、日本庭園を造ったりして、砂漠のような土地でも潤いを求めて工夫していたんです。

父は、日系人が裁判もなく収容所送りになるのは、あまりにも強制的で理不尽な処置なので、歴史的事実として何とか残しておかなければならないと言ってました。しかし、収容所にカメラを持ち込めるはずもなく、もし捕まっても言い逃れできるように、レンズとフィルムフォルダーだけ、密かに隠して持ち込みました。

三カ月ほどたって、収容所の大工さんに撮影箱を作ってもらい、ピント調整は水道管のねじ切りをうまく利用し、後ろにフィルムホルダーを付けてカメラを完成させたのです。見たところただの箱のようでした。父は見つかるのを恐れて早朝に写していましたが、水道管のピント合わせには手こずっていたようでした。そうこうしているうちに収容所内から、兵隊に志願していく人や結婚する人たちから家族写真を撮ってもらいたい、という要

マンザナー農園跡

望が出始め、そういった人々が収容所の白人の所長に、トーヨー・ミヤタケがスタジオを開設するのを許可するように願い出たのです。シャッターを押すのは白人のみとの条件付きで許可が下りて、スタジオは開設されました。

やがて、シャッターばかり押しているのに嫌気がさしてか、次々と白人がその仕事を辞めていった様子を見た所長は、トーヨー・ミヤタケに全部任せようという、異例の措置をとりました。

でもその裏には、あるエピソードがあったのでした。エドワード・ウエストンという現在では世界的に有名になった写真家がいますが、彼がここの所長の友人であり、父が収容されていないかと問い合わせたところ、居るということが分かり手紙を出したそうです。「トーヨー・ミヤタケは私の恩人である。大切に扱うように」と。

父は彼の写真が思うように売れないことを心配して、自分のスタジオでエドワード写真展を開催してあげたことがあったのです。見事に写真展は大成功。写真がほとんど売れたのです。その時、日系人がほとんどの写真を買ったのです。エドワードは、白人より日系人の方が自分の写真に理解を示してくれたことに、非常に驚いたとともに、また喜んでいたというのでした。エドワードも何とかして父に恩返しをしたかったのでしょう。芸術家同士の心の交流が感じられます。

結果的に歴史的にも貴重な収容所の写真は、ほとんど父が撮影したものです。

マンザナー収容所跡

マンザナー収容所跡

マンザナー日系人強制収容所

アメリカ本土には、大戦勃発当時、一二万六九四八人の日系人が居住していた。そして、実にその約九〇パーセントに及ぶ一一万三七九八人の日系人が、アメリカ本土一〇カ所に建設された収容所に強制的に収容された歴史がある。

山崎豊子著『二つの祖国』に登場する収容所のモデルとなったカリフォルニア州、マンナール強制収容所。アメリカ国立歴史公園として収容所跡が残されている。

ロサンゼルス空港から、レンタカーで高速道路を走ること約五時間。シエラネバダ山脈のひとつホイットニー山のふもとに、そこは位置している。荒れ果てた広大な砂漠地帯の一点にある慰霊塔に私は目を奪われた。政府は、アメリカ民主主義にとっての汚点として残ることを危惧したらしく、収容所の建物は戦後解体されていた。そのために今ではほとんど原型を見ることはできない（近年一部復元される予定）。

真珠湾攻撃がもたらした日系社会へのダメージは、あらゆるところに表れた。例えば、すべての日系人の銀行預金は凍結し、日系社会全体の商業活動はほぼ停止状態に追い込ま

全米日系人歴史記念公園
（ワシントン DC）

れた。弁護士や医者、そして教師の資格は取り消され、公共の立場でリーダー的存在だった人々は、突然ＦＢＩの捜査を受け連行させられている。

当然、こうした日系人の中にはアメリカで生まれ、全くの米国民として教育を受けた二世も多かった。だが、日系というだけでスパイ容疑をかけられ、一切の主張も許されず裁判も起こせないままの強制移住となったのである。その際には日本の伝統的調度品や車など、論外の安値で売り払われていった。ある者は、そのあまりの非道さに自分自身の手ですべてを破壊してしまったという。

彼らはロサンゼルス駅を出発してから、行く先さえも告げられず、列車の窓はブラインドで覆われて薄暗く、そのうえ幾度も停車や発車を繰り返しての、丸一日かけての移動となった。不安な車内では、毒蛇だらけの荒れ地に置き去りにされてしまうのではないかとか、オオカミに食われるとか、全員砂漠で処刑されるのかもしれない、などと囁(ささや)かれたという。

このマンザナー強制収容所には、一九四二年六月一日から四五年一一月二一日まで、一万四五人収容されていた。

ワイオミング州にあったハートマウンテン収容所に
当時５歳で入所したトム・ムカイ

マイク・トクナガ

フランスのボージュ山地での戦闘は大変激しいものでした。それに加えて丸一カ月間、毎日雨に打たれ、氷水が一〇センチも溜まった塹壕(ざんごう)で寝起きしなければならないという厳しい環境でしたので、濡れた靴を履いたままの足が腐っていくのです。

父は一八九八年に広島で生まれ、一二歳の時にハワイに移民しました。母はハワイで生まれた日系二世で、父と結婚したために市民権を失っています。

私は一年生から八年生まで英語学校に通い、その後ラハイナ高校に進みました。ハワイ人の他、中国人、フィリピン人などの友人に囲まれた楽しい寮生活を経験しました。

高校を卒業して二年後の四一年一一月に徴兵され、その翌月の一二月七日のこと。その日は友人と二人でホノルルに行く約束をしていましたので、七時五五分頃に朝食をとって

マイク・トクナガ
（ハワイ）

いたところ、日本海軍による真珠湾攻撃の一報が。油タンクと間違えて水のタンクを破壊したとの情報が入って来ました。

直ちに外出禁止となり、戦争の始まりです。敵も日本人なら僕たちも日本人であり、やりきれない複雑な感情を抱えながら、その夜は攻撃された軍の倉庫を後かたづけしていました。

夜中二時頃に将校がやってきて、寝る場所だと連れて行かれたのは刑務所でした。将校は、一番安全で頑丈な場所だから、お前たちを連れてきたんだと言いました。しかし、すでに僕たちより先に、真珠湾攻撃後に捕まった日本軍の兵士一人が捕虜となり、収容されていたのです。僕は一晩だけで出されましたが、友人のキムラ君は絵が好きでよく風景画などを描いていたことが、スパイ容疑となって一週間も拘留されたようです。

政府のこのような措置は我々日系人の、アメリカへの忠誠心を非常に傷つけるものでした。ハワイ生まれの二世の母も、日本生まれの父との結婚で市民権を剝奪されたので、日本への忠誠心の方が強かったように思います。私は父に一度だけ聞いたことがありました。「息子の私がアメリカ軍で、日本との戦いに臨んだらどう思うか」。父は言葉少なに「徳永家の家名を汚すな」と。つまり、家名に懸けて勇敢に戦えということを言いたかったのではないでしょうか。これが、日本人の根底の精神だと私は信じています。家名をスパイ容疑などで汚すことなどできないという精神は、後に激戦の闘士となって、勇猛果敢に戦った、心の支柱ともなり得たものだったのです。

一九四二年二月に軍の訓練を終えて家に戻った時には、壁にヒロヒト天皇の写真はなく、ルーズベルト大統領の写真が、代わりに飾ってありました。父は、ヒロヒトはルーズベルトの裏に隠れているんだと言ってました。

相撲放送を聞くための短波ラジオを、情報収集用に使っていると疑われ没収されたので警察に抗議に行ったら、短波受信ができないように改造したラジオを返されました。

一九四二年六月三日、私たち一四三二名のハワイ日系兵士は、本土での訓練目的という名目で、スコフィールド基地に出頭命令を受けました。その時には米軍はすでに、ミッドウェーで日本海軍と対峙するであろうこと、そしてその次には再びハワイに攻撃をしかけてくるであろうと予測し、その際どちら付かずになるかもしれない日系兵士などは、ハワイから追放しておきたかったのだろうと思います。しかしそれとは逆に、軍は日系人を疑っている事実を公けにはしたくなかったのです。

この日のうちに私たちの船は秘密裏のまま出航しました。五日後にカリフォルニア州オークランドに着き、この時に「一〇〇大隊セパレート」と名付けられたのです。中には日本人の血が一滴も入ってないポリネシア人のチャーリー・ダイモンが含まれていたので本人に理由を尋ねると、多分東京で生まれたことが追放の理由だろうと言ってました。

オークランドからは汽車に乗り、長い大陸横断の旅が始まりました。輸送中の車窓にはカーテンが掛けられていましたが、時折隙間から白人が農作業をやっている姿を見たのは強烈な驚きでした。ハワイでは白人は経営者であり労働者ではなかったからです。

やがて、ウィスコンシン州のキャンプ・マッコイに着きました。その時、有刺鉄線が張りめぐらされた仮の収容所に、イタリア人やドイツ人が捕えられているのが見えました。

このキャンプで四二年六月から四三年七月までの一年間、陸軍の基礎訓練を受けていましたが、軍としては日系人の扱いをどうしたらいいのか分からずにいた時期のようでした。気候はとても寒く、私たち温暖なエリアからやってきた者にとって、雪が一メートルも降る冬は訓練どころではなかったのです。その後、ミシシッピー州のキャンプ・シェルビーに送られてまた訓練再開となり、実戦訓練で初めて新型のライフルを与えられた時には、やっと戦地に送られるのだと思いました。

長すぎる訓練期間を真面目にやり通した日系兵を目の当たりにした白人将校たちは、私たちが希なる優秀な兵士だということに気付いたことでしょう。この時期の一九四三年三月には四四二部隊に志願した約三〇〇〇人の日系二世たちがこのシェルビーに到着していました。

一九四三年八月、私たちはニューヨークからアフリカのオラン港に到着。それからほどなく三四師団の指揮下となり、イタリアのサレルノ作戦に投入されました。ヨーロッパに上陸した時点では、イタリアやアドルフ・ヒトラー率いるドイツを相手に戦うことが、どんなことを意味するのかも理解しておりませんでした。しかし、イタリア戦線で、仲間のジョー・タカタが戦死して、動かなくなった彼を目前にしたとき初めて、戦争というものがどんなものかを知らされました。私はその時、身体が凍りついたことを憶えています。自分自身もいつかこの戦争で、このように死ぬのだなという気持ちに包まれたのです。また、キヨシ・ハセガワは家内の親戚で、私の親しい友人でしたが、彼は爆風に飛ばされて負傷しましたが即死せず、やがて致命傷により呻きながら徐々に死んでいったのです。なんとかして助けようにも、何もできないでいる自分の目の前で息を引き取りました。

カッシーノの丘は恐ろしいところでした。ローマへ侵攻するには、何としても落としておかなければならない要塞です。しかし四日間も連続して、丘の上からドイツ兵が我々を狙い撃ちしてくるので、歩兵大隊だけでは戦いきれないとの判断が下り、一時退却命令が出たのですが、この丘を自力で下りてこれたのはたったの二三人でした。死亡者や負傷者続出の中、戦友のマサオ・アオクニはバズーカ砲でドイツの戦車を二輌爆破して勲章をもらいました。サレルノに上陸した時に一五六五人もいた兵士は、カッシーノから撤退する頃には二六五人に減っていました。

四四二部隊の二世兵二二〇〇人がベネベントで加わり、アンジェロの上陸作戦でも五〇〇〇人から六〇〇〇人補充されました。ここは平坦な土地が続いており、一七マイル走っても敵兵は見あたりませんでしたが、夜になった頃に一軒の家が見えてきたので包囲したところドイツ兵がコーヒーを飲んでいました。そこで、彼らとの銃撃戦で勝ち、捕虜として連行しました。ここからローマへと二日間かけて進撃しました。アンツィオ近郊での戦いでも敵を封鎖し、イタリア軍もすでに撤退。いよいよローマの街があと一・五キロというときに私たちに停止、待機命令が出たのです。何ごとかと待機している間に、白人部隊はローマ市民から歓迎の大歓呼を浴びながら凱旋パレードを行い、報道も「白人の兵士たちがローマを征服した」と伝えていたのです。驚きと絶望感を禁じ得ませんでした。最初にローマに進駐するはずなのは、私たち一〇〇大隊なのに。

結局、私たちはローマを回避させられ、日が沈んでからひっそりと浜の方を通らされて、イタリアの北にあるチビタベッキアへと進んだのです。

四四二部隊と合流してからは、ベルベデール、ピサ、アーノルド川へと進軍しました。ブリュイエール解放戦線においては、上官のマサオ・オオタケを亡くしました。それは、ヒルへという目標地点を攻撃する予定の前夜でした。一〇人編成で、ドイツ軍が隠れていそうな家を一軒づつパトロールしていた時に銃撃戦となったのです。オオタケが手榴弾を投げようとした瞬間、彼の右腕から左の腹部に敵の銃弾が貫通して倒れたのです。彼を家の裏に引っ張っていきましたが、息を引き取ってしまいました。残された家族の元に遺品を送りました。

ブリュイエールから引き上げて、休息期間を取るようにと命令が出され、ほっとしていた矢先でした。テキサス大隊を救出せよとの、ルーズベルト大統領命令が出て、夜中二時頃に、私たちは起こされたのです。たいがいの兵士は、あまりの運の悪さにがっかりしました。テキサス州から派遣された二一一名の白人の大隊を、ドイツの頑丈な包囲網から救出するという任務は、私たち第一〇〇大隊に指令されたのです。

救出地フランスのボージュ山地での戦闘は大変激しいものでした。それに加えて丸一カ月間、毎日雨に打たれ、氷水が一〇センチも溜まった塹壕で寝起きしなければならないという厳しい環境でしたので、濡れた靴を履いたままの足が腐っていくのです。森は非常に暗く、すぐ前の人間が見えにくいため、白いトイレットペーパーを垂らして、お互いを確認し合いました。ドイツ軍の戦車が猛烈に砲撃を開始してきて、こちらの戦車を破壊します。大樹に弾があたると樹が炸裂して、我々兵士のヘルメットがへこんでしまうほどの威力のある木片（ツリーバースト）が飛び散り、それが容赦なく体に突き刺さって犠牲者が続出するのです。三六師団の将軍は、我々の後方から、「進め進め」と号令をかけますが、どうしても動けるような状況ではないのです。中尉のオカダはその厳しい状況を後方に伝えに行こうとして、砲撃を受けて倒れました。彼を救出している最中にも、何人も死んでいきました。亡くなった兵士の認識証もドイツ軍に奪われ、確認すらままなりませんでした。

四日後に我々はテキサス大隊を全員無傷で救出することができましたが、一〇〇大隊と四四二部隊は八〇〇名ほどの死傷者を出しました。私の場合、ドイツ軍の弾が私のライフルの木製の部分に当たり、木片が右目に突き刺さって血が止まらず、病院に送られました。ピンセットで取り出してもらうと意外に大きい木片で、眼球までくり抜かれてしまうと思うほど痛いものでした。幸運なことに、傷が回復すると視力もだいぶ戻ったので戦線に復帰しました。

その後も何度か怪我をしましたが、前線で白い包帯を巻いたままでいたら、降伏の印と間違われるので、わざと汚して戦いに参加したものです。

一九四五年五月五日、ハワイに帰還しました。母は私を心配するあまり、ハワイ中のお寺に詣でて祈ってくれていたとのことでした。親の世代は古風な日本の価値観を持ち、恥を知れ、親孝行をせよ、家名を汚すな、といった教育で二世は育ったわけなんです。こういう道徳教育があったからこそ、私たちは戦場でお互いに連帯を持って助け合うことができたんだと思います。

白人兵士たちは、敵から攻撃されて戦友が倒れていても、置き去りにして撤退するのでしたが、私たち日系二世部隊は決して友を見捨てることなどしませんでした。「Ｇｏ ＦｏｒＢｒｏｋｅ」（当たって砕けろ）の合い言葉で、体当たりしました。

幸い、ハワイからの志願者である私たちの両親らは、ほとんど収容所には送られなかったので、二世の私たちは、アメリカ市民として全く迷いもなく戦うことができたのかもしれません。

パンチボウル国立太平洋記念墓地
（ハワイ）

ボージュの森（フランス）

ケネス・カネコ

僕たち二世全員は命令通り、ユニフォームをその場で脱ぎ捨てました。その時、コーチの命令の意味が分かったんです。

いよいよ日本との戦争が始まった、一九四一年一二月七日（日本では八日）、日曜日——あの日の朝は、よく晴れていました。僕たち日系二世ベースボールチームの仲間たちが揃って、ウォーミングアップを始め、心地よい汗を流していたんです。今日の試合をイメージしながら、バッティングやキャッチボールに取り組んでいました。

そんなグランドに、飛行機の近づく音が少しずつ聞こえだしました。何かの演習なのかと思って見上げていると、やがてそれは轟音となり、グランドいっぱいに戦闘機の影がみるみる広がってきます。日の丸のついた戦闘機の一団が飛んでいくわけです。

さらに眼を凝らすと、低空飛行の機上には僕たちと同世代の日本人青年の顔が見えます。

ケネス・カネコ
（ハワイ）

眼下の僕たちを見つめながら上空を通過していくんです。あまりに唐突で、何が起こっているのか理解できずに、飛び去るゼロ戦をあっけにとられて見送っていましたが、白人のコーチは、全速力で自分の車を停めたところに走っていきました。

やがてボリュームを目一杯にあげたラジオから信じられない臨時ニュースが聞こえてきたんです。

「戦争です！　戦争が始まった！　日本軍が真珠湾を攻撃しています！　これは演習ではない！　本番です！」

興奮したその声に追い立てられるように、真珠湾方向に眼をやると、黒煙が立ちのぼっているのが見えました。

混乱している頭の中でも、戦争が勃発したのは間違いないのだと理解できました。

しかも、敵は日本。

軍人であるコーチは、私たちに「今すぐに着ていたユニフォームを脱ぎ捨てて、急いで自宅に戻り待機しているように」との命令を早口で伝えると、アクセルを踏みつけ、砂けむりをたちのぼらせて真珠湾へと向かいました。僕たち二世全員は、命令通りユニフォームをその場で脱ぎ捨てました。

その時、コーチの命令の意味が分かったんです。僕たちのユニフォームには大きく「NIPPON」の文字の刺繍があったのです。ことの重大さが、じわじわと胸に押し寄せてきました。

第 100 大隊クラブ

フローレンス・イズミ

私と結婚して間もない夫ジョー・タカタは、志願兵としてヨーロッパ戦線へと向かいました。彼はハワイでは有名な野球選手でした。

夫が出兵してそれほどの月日も経ってないある日、私の勤めていた銀行の前に、合衆国政府の黒塗りの立派な車が止まりました。正装した軍関係者が銀行のカウンターで仕事をしていた私に、「フローレンス・タカタ夫人はどなたですか」と尋ねますので、「はい、わたくしです」と答えますと、胸元のポケットから一通の手紙の様なものを取り出し、こう言ったのです。「ジョー・タカタ軍曹はイタリアの戦地で亡くなられました」と。私は、「それは嘘です。何かの間違いです。実は先日、夫から手紙が届いています」。しかも、その手紙は、毎日キャッチボールなどをして野球を楽しんでいる。戦争とは思えないくらいのどかだ、という内容だったのですから、私は夫の戦死など絶対に信じられなかったのです。そのメッセンジャーは、「ミセス・フローレンス、御主人の戦地はヨーロッパの最激戦地なのです。残念ですが、間違いなく戦死を告げなければなりません」

フローレンス・イズミ
（ハワイ）

手紙は、私に心配をかけまいとする夫の、精一杯の心づかいだったのでしょう。

その後も、私はジョーの死をなかなか受け入れることができずに、以前の様に彼の両親と暮らしていましたが、もうジョーは家には戻ってこないのだからと何度も再婚を勧められ、ジョーの友人と再婚したのです。

ダイヤモンドヘッドを望む
（ハワイ）

タダシ・トウジョウ

私たちは誰よりも優秀な兵士となって功績をあげ、アメリカ市民として日系人のスパイ容疑を晴らし、名誉回復のために戦わなくてはならなかったんです。

私は四四二連隊の第五二二大砲隊に所属し、無線の担当を命じられてました。いつも歩兵隊と同行していて、何を標的にするかを彼らから命じられました。戦場では歩兵を支え援護することが必要になってきます。前進しているときは、その歩兵の先に砲弾を撃ったりします。定めた目標を正確に計算し発射しなくちゃならないわけです。

我々の五二二大砲隊は結束力が強く、非常に正確な技術をもった部隊でした。まあ、一度だけ危うく大将を死なせてしまいそうになったこともあったんですが、それは慣れていない機材に突然代えられたせいでした。

タダシ・トウジョウ
（ハワイ）

大砲隊に入るにはAGSという陸軍のハイレベルな数学などの試験にパスしなければなりませんでした。日系二世の我らの数学力はたいそうレベルが高かったように思います。私たちはヨーロッパ戦線において、正確さと結束力で高い評価を得ました。みな根性があったんです。そう、意地、義理人情、それがあったから団結できたんです。それと、日系であるという抜きがたい差別が私たちをさらにそうさせました。酷いご時勢だったからあんなふうに扱われても仕方なかったんでしょうが、でも辛く厳しかったです。そのことは説明しにくいの一言です。みんな私たち日系人のことを、敵とみなしていたんですから。でもそれで彼らを憎んだりしませんでした。

私たちはただ、最も優秀な者となって自分たちの役目を果たしたかったのです。しかし周りは私たちを自由にはしてくれなかった。なかには理解を示すいい人もいましたけれども、ごくわずかでした。

忘れもしないあのパールハーバーの日、私が父の仕事を手伝っていると上空を戦闘機が飛んでいくのが見えました。まもなく砲撃が始まり、戦争がいよいよ始まってしまったことを知りました。「いよいよ」と言うのは、以前から装備を厳重にし始めるなど、物々しい雰囲気を感じていたからなんです。沿岸の指揮官はキメル大佐でしたが、彼はいずれ近いうちにここで何かが起こることを知っているようで、その時まで部下をきちんと統率しようとしていました。

当時、父は食料品店を経営しながら、郵便配達やスクールバスの運転手などもしていました。パールハーバーの数日後には、わが家にFBIがやって来ました。名前がトウジョウというのでは、それも仕方のないことなのでしょうけれど、彼らは入ってくるなり仏壇を壊し始めたんです。父は「黙ってろ」と僕に言いましたが、もう黙ってなんかいられません。父はアメリカ政府を心から支持していたというのに。「お前らには今から一〇〇〇年間呪いがかかるぞ」と私は言ってやりました。その時、農園のマネージャーが来て、父の身元を一応保証してくれたので、家族は強制収容所へは行かずにすみました。

志願するのには僕は迷いはありませんでした。みんなそうしていましたし、私たちは誰よりも優秀な兵士となって功績をあげ、アメリカ市民として日系人のスパイ容疑を晴らし、名誉回復のために戦わなくてはならなかったんです。

しかし、自ら志願して軍に入隊してすら、スコフィールド基地で酷い差別にあいました。入隊してすぐ、家の宗教を聞かれたときに「仏教だ」と答えたら「アメリカの軍隊に仏教というのはない。さあ、もう一度、お前の宗教は何だ」と言われ、「自分はプロテスタントです。プロテスト（抗議）する人間ですから」と答え、将校にこっぴどく怒られました。おかげでスコフィールドにいる間はずっと便所掃除をさせられました。

こういうことはその後もずっと続くのですが、「アメリカのために同じ気持ちで戦っているのに」と何度悔しい想いをしたことか。

個人の宗教の自由だって、絶対に守られなければならないのです。特にいつ殺されるか、生きるか死ぬかの瀬戸際に立たされた人間にとって、宗教心というのは呼び覚まされるものだということを体験しました。

私はフランスのブリュイエールというところで、ナチスとの熾烈な戦いのさなか、火が回ってしまった建物の中に、ユダヤ人の隊長と共に閉じこめられてしまったことがありました。私は小さな祈りの本を取り出して、テーブルの下で読み始めました。「人生最大のピンチを脱する祈り」という部分ですが、そうしたら彼も一緒に読み始めました。彼はユダヤ人で、私は仏教徒ですが、そんなことはどうでもいいことでした。あのような生死を問われる状況下ではね。そして私たちは運良く助かりました。

この経験によって、私はどこかに自分よりも大きな存在があることを確信しました。それを仏陀と言おうと神と言おうといいのです。唯一の存在だということにかわりはないのですから。

先遣隊という非常に危険な任務についていながら、生きて帰ることができたのは幸運だったと言わざるをえません。今になって考えてみると、私には生かされるべき理由があったのだと思っています。きっと社会に何か貢献するために、または伝えなければならないことのために生かされたのだと感じます。

戦後はハワイ大学農学部に一〇年勤め、研究やプロジェクトのマネージメントなどしま

エピナル米軍墓地
（フランス）

した。今でもボランティアをしたり、要請があればどこへでも出かけたりしています。

作家のユージン・オニールは、「歴史は繰り返す」と言ったけれども、本当に同じ過ちが何度も何度も繰り返されているようです。愚かなことです。だから生き延びた私たち一人一人が声を上げなければいけないのです。

エピナル慰霊祭

ヤング・オー・キム

私たちの話題に決まっていつものぼるのは、我々は特別しっかり戦わなければならないということでした。力を証明すれば、その戦いの成果よって日系人のみならず差別の対象になっている全てのアジア人が見直され、評価されるようになるんだということでした。

私がこの日系四四二連隊の第一〇〇大隊に配属された後、突然配属を変更する旨を告げられました。「なぜですか」と聞くと、私が韓国系アメリカ人であるからと言うのです。私は同じアメリカ人ではないかと言って、この二世部隊に引き続き籍を置くことを希望しました。どのみちアジア系の人々は差別され、いい仕事に就けない時代でしたので私はこちらを選んだわけです。

私はロサンゼルスで生まれ、日系人と一緒に育ってきました。母は、「日本人と遊ぶな」

ヤング・オー・キム
（フランスにて）

といつも言ってました。韓国人にひどいことをした日本人とは絶対に遊ぶなと。私はその時、母はあまりにも日本人のことについて言い過ぎだと思っていました。ずっと後になって母が言っていた真実を知ることにはなるのですが、幼い時は周りに韓国人が少ないせいもあって、遊び場にはいつも日系の仲間がいました。

私は、日系第一〇〇大隊に配属されたことを最高の名誉と思っています。この部隊は戦争史上、最高、そして最強の大隊だったと思います。

実は、ある丘を包囲せよという指令が下って、他の二つの白人だけで組織した連隊が派遣されたことがあるんです。しかし、双方とも失敗してしまい、日系二世部隊の我々にその命令が下りました。一〇〇大隊に頼めば獲れないものはないと、評判になっていたからです。しかしこの評判に関しては、栄誉でもある反面、迷惑なことでもありました。何でもやり遂げる優秀な隊だからという口実で、乱暴な将軍より、気違いじみた命令も受けなければならないような局面に立たされたこともあったからです。命じられたことに対して背けば殺されました。命令を受けても動かなければ背いたことになり、イエローアメリカンの僕たちはその時点で、敵とみなされるのですから。

ある時、フランスのボージュ山地で二〇〇余名の白人部隊が、ドイツ軍兵士に包囲され、全滅の危機にさらされたことがありました。いわゆる「失われた大隊」と呼ばれたテキサス大隊です。彼ら白人兵らを救出せよとの命令が下りました。我々第一〇〇歩兵大隊を含む第四四二連隊戦闘団は猛烈なドイツ軍の反撃を喰らいながらも、遂にテキサス大隊全員の救出を果たし、抱き合って喜びあいました。二〇〇余名の救出のために我が連隊は、実に八〇〇余名の死傷者を出した捨て身の戦いでした。救出直後、「ジャップが来た！」と蔑（さげす）んだある白人兵に向かって、命を賭けて救出した我が勇敢な日系兵たちは「言い直せ！我らはアメリカ陸軍四四二連隊だ」と言い返したという有名な話があります。

私たちは、何日か戦うと半日ぐらいの休息が取れる時がありまして、ブルセッション（話し合い）をしました。その時に、私たちの話題に決まっていつものぼるのは、我々は特別しっかり戦わなければならないということでした。力を証明すれば、その戦いの成果によって日系人のみならず差別の対象になっている全てのアジア人が見直され、評価されるようになるんだということでした。

サダオ・ムネモリ上等兵の像

一九四五年、四月五日、イタリア戦線末期の戦いで彼は、ドイツ軍ゴシックライン粉砕作戦中に手榴弾が自分のヘルメットに当たりころがり落ちるのを見た。それが爆発すれば、ここにいる仲間たちが死んでしまう。そう思ったサダオは、自身の体を手榴弾の上に覆い被せ自爆した。

この希に見る勇敢な行為にアメリカ最高位である、議会名誉勲章が遺族に贈られた。

サダオ・ムネモリの慰霊塔
（ロサンゼルス）

ボージュの森

一九九四年一〇月、柔らかな日差しの差し込むフランス、ボージュの森。五〇年前のあの日。一九四四年一〇月二六日、雨が降り続いていたこの森には、二〇七名の男たちの運命が、ナチスドイツがくまなく張り巡らせた地雷網と、狙撃兵の包囲網にもてあそばれていた。全ての補給路を断たれ、全滅を待つばかりのアメリカ・テキサス一四一連隊第一大隊の白人兵たちのことである。

ルーズベルト大統領からの救出命令が、日系二世部隊に下った。日系二世部隊は、誰からともなく「バンザイ、バンザイ」と声を上げながらナチスと戦い、約八〇〇名もの死傷者を出した。この様子は逐次、全米にラジオにて報道された。

救出への道
（フランス）

最初に見つけてくれたドイツ兵、さらに日系アメリカ兵、この二世たちの父母の国である日本。私は三つの国に救われたのです。とりわけ、イエローアメリカンの慈愛に満ちた笑顔を、私は絶対に忘れることはできません。

セルジオ・カルレッツ

一九四四年になると、戦争も末期的兆候でした。当時、私は一六歳。ボージュ山地の麓にある木材の町ブリュイエールは、ドイツ軍に四方から完全に包囲されて、常時監視される緊張を強いられていました。私は人手が足りない農家などの手伝いをしながら、ナチスの動きについての情報収集活動をしていました。

一〇月初旬、近いうちに連合軍がやって来て、この町を開放するとの情報が密かに流れ、誰もが期待で胸をはずませていました。それから何日かすると、朝から激しい砲撃は始ま

セルジオ・カルレッソ
（フランス）

りました。

私は強い使命感を覚え、連合軍にナチスの仕掛けた地雷の所在を知らせなければならないと、爆音の鳴り響く中を走り出してまもなくのことでした。砲撃の凄まじい爆風に飛ばされ、倒れてしまったのです。大怪我をして身動きもとれずショック状態でした。

必死で何とか一軒の農家にたどり着きしばらく身を潜めていたのですが、ついにドイツ兵に見つかってしまいました。ところが、このドイツ兵士たちは、私を見るやすぐに軍医のところに連れていってくれたのです。見つかってしまった時はもう駄目かと思いましたが、助けてくれた兵士は「一六歳の私を殺す気にはなれなかった」というのでした。

外では爆撃音がますます激しくこちらに迫ってくると、ドイツ兵たちはもうどこかへと退散してしまったのです。私はここでは危険だと思い、地下倉庫を見つけて潜んでいました。

やがて、爆音も止み、戦闘が終わったかのような静寂が戻りました。その時、私の運命を決定する足音がこちらに近づいてきました。見たこともない黄色い肌をしたアメリカ兵でした。

翌朝、麻酔から目が覚めると、大怪我をしていたはずの左足の感覚がなくなっていました。切断されていたのです。隣のベッドに横たわっていた兵士は、すでに息を引き取っていました。私は、この日系兵たちに救われ、手厚い看護をうけて命拾いしていたのでした。最初に見つけてくれたドイツ兵、さらに日系アメリカ兵、この二世たちの父母の国である

失った左足
（フランス）

日本。私は三つの国に救われたのです。とりわけ、イエローアメリカンの慈愛に満ちた笑顔を、私は絶対に忘れることはできません。この地方の多くの人々が同じ思いで戦後を暮らしてきたと思います。町には、「四四二連隊通り」と命名した通りがあります。

毎年一〇月になると、命がけでこの町を開放してくれた日系二世連隊の大恩に報いるために、私が指揮をして町をあげての感謝祭を開催していますが、もう五〇年にもなるんですね。この催しを私自身が心を込めてずっと続けていけることに誇りを感じています。

ヘイロン・エルディ

私の名前はヘイロン・エルディ。日系人のおじいちゃんと一緒です。このおじいちゃんの名前は「タダシ・マツモト」で、四四二連隊の生存者。そして、ここに私の本当のおじいちゃんがいます。そう、この写真に写っている白いケープに包まれた赤ちゃんで、五〇年前の姿なのです。その赤ちゃんを抱いているのが、この日系二世の「マツモトおじいちゃん」です。

一九四四年の一〇月に、日系四四二部隊が私たちの町ブリュイエールを、ナチスから開放してくれたそうです。そして二日間に渡って色々なケアをしてくれたんですって。私のおじいちゃんにもミルクを分けてくれて、マツモトおじいちゃんは面倒をみてくれたと聞いています。ですから、我が家の永遠の恩人なんです。

このたった一枚の写真を手がかりに、フランス政府はマツモトを探した。その結果、一九八四年に探し当て、家族との感動の再会となった。

タダシ・マツモト（左）とヘイロン・エルディ
（フランス）

リチャード・ハシ

マウイ島から来ました。今回で三度目の墓参りとなりますが、もうこれで最後になると思います。喉頭(こうとう)ガンを手術し、声が出なくなりました。（特殊マイクを喉にあてがい、インタビューに応えてくれた）

実は、私は戦争が始まって何日も経たぬうちに志願することを心に決めておりました。日系社会では当然のことなのですが、友人の一人に、私が志願するのを止めさせようとした男がおりました。名は、ヨシオ・テンガン。彼はすでに両親とも亡くし、施設で生活していた孤児でした。私は、そんな彼を逆に説得し、共に志願兵となったのです。

日系二世部隊でヨーロッパの激戦を転戦し、彼はここフランスの地で戦死しました。二五歳でした。言葉がないです。私が誘ってしまったばっかりに……。

後悔しても仕方がないのですが、あの時のことが蘇ります。

リチャード・ハシ
（フランス、エピナル米軍墓地にて）

ブリュイエールの式典

一九四四年一〇月一八日、四四二連隊・第三大隊はフランス、ブリュイエールを解放した。木材の町ブリュイエールは、運搬のための鉄道が敷かれており、戦略上も重要視された町である。

解放五〇周年を記念しての式典は、一九九四年一〇月一五日、四四二連隊の元隊員がそれぞれ家族を伴って全米より集い、盛大に開催された。

（フランス・ブリュイエール）

解放 50 周年式典
（フランス）

「442 連隊通り」として残っている

ダニエル・イノウエ（合衆国上院議員）

戦争が終わり、私は右腕を失い、ハワイに凱旋して帰ってきたつもりでしたが、非常にも「差別」というものとの戦いに終結はありませんでした。

私たちはいつも、すべての勝利を目指して戦場に臨みました。しかし、何をするにしても、最後には自分たちの家族と国の栄誉のためになるように行動することが、最も重要なことでした。名誉や栄誉といったことを第一義としたのです。

私は一八歳の時に志願して、ハワイからアメリカ本土の陸軍訓練のキャンプに向かいました。父は口数の少ない人でしたが、ひとたび口を開けば父の言うことはいつも大きな意味を持っていました。

「何をするにしても、家族を辱めるようなことをしてはならない。国を辱めてはならな

ダニエル・イノウエ上院議員
（ハワイ）

い。この国（アメリカ）はお前によくしてくれた。ならば、お前は命をもってこの国に恩返ししていかなくてはならないのだ」と。

私の父は、非常に古風な日本人でした。たぶん現代の日本人よりも日本的な考えを貫いた人でしょう。

私たち二世の世代がちょうど過渡期だったと思います。倫理観などはいろいろな意味で明治の日本的思想でしたから、完全にアメリカ人ではないのです。私は長男で父も長男でした。ですから、祖父は、私にも日本の文化や先祖のことや時代背景について教え込み、しっかり日本の歴史を認識させておくことが大切だと感じたのでしょう。

そんなわけで私は子供の頃から、ジョージ・ワシントンやアブラハム・リンカーンよりも、織田信長や徳川家康などについての知識の方が豊富でした。「ニクダンサンジュウシ」とか、そういった物語についてよく知っていました。ワシントンやリンカーンについてはもっと後になってから知りました。毛利元就とか伊達政宗とか日本のいわゆるヒーローたちに興味を持っていました。

私たちは、「名誉」とか「恩」という言葉にも、大きな意味を感じていました。そんな背景を持ちつつ、軍隊に志願したのです。

私たちの四四二連隊からは、脱走兵が一人も出ませんでした。誰一人逃げ出したりはしなかったのです。ドイツ軍に捕虜として捕まった者たちだけが、怪我などのため戦えなく

ヨーロッパ戦での写真

なりましたが、それも五人くらいだったかと思います。みんな勇敢でした。私たちには、やり遂げるべき使命のようなものがありました。

大部分のアメリカ人は知らないことだと思いますが、一九四一年一二月七日、アメリカ政府は私を含めた日本人全員を法律上「4C」というグループに入れました。これは、入隊に関する法律でした。「1A」というのは、健康であり精神的にも健康な者で、「4F」は身体的や精神的に健康でない者のグループでした。そして、「4C」というのは、まさに敵性外国人という意味でした。その結果、私たちは軍には入隊できないこととなってしまいました。

そこで何とか入隊できるように政府に嘆願したのです。自分たちが周りの人間と同等かそれ以上に役立つ人間であるということを、人々に証明することがおのずと私たちに課せられた使命ともいうべきものでしたが、それはうまくいったと思います。他の同じくらいの規模の連隊と比べても、より多くの勲章をもらったと思います。

戦争終結時の日系連隊の人数は四〇〇〇～五〇〇〇人ほどです。戦争中には合計約一万四〇〇〇人が四四二連隊で兵役を務めたということを顧みると、かなりの死傷者が出た上、要員の交替率が非常に高かったということが分かります。

私たちはヨーロッパの激戦地に派遣され、負傷しているのが当たり前という状態でした。私も四回負傷し片腕を失いました。でも私たちは簡単に殺されるわけにはいかないんです。

自分たちには大事な使命があるということを自覚していましたし、やり遂げなければなりませんでしたから。

現在、アメリカ議会では当時の日系兵たちが差別のために、相当の勲章を受けていなかったのでは、という調査を進めています。そして、挙げた功績に値する勲章へ昇格させようとの案が出ています。私にも政府の調査が来るということでしたが、お断りしたのです。私は殊勲章までもらったことですし、それで充分満足しています。殊勲章というのは、かなり異常なほどの戦いでもしない限りもらえないんです。

私は一八歳の時に入隊して、二二歳の時大尉で退役しました。

戦争中のこと、ベルリンの日本大使が四四二連隊のことを知って、ぜひ一人でもその二世兵士に会いたいと言ったそうです。そこで、もし日系二世兵士が捕虜となったらベルリンに連れて来るようにという特別な要請をしたことがあるようです。四四二連隊の兵士が結局ベルリンに行ったのかどうかは分かりませんが、戦後この要請の記録が見つかったそうです。私たちの勇敢さはヨーロパ中に響いていたという証明です。

戦争が終わり、私は右腕を失い、ハワイに凱旋して帰ってきたつもりでしたが、非情にも「差別」というものとの戦いに終結はありませんでした。

戦前は、外科医をめざして勉強していましたが、もう医者になれないことは明らかでした。何か他の道を探す以外ありませんでした。教師、牧師……様々な案が出ましたが、友人たちに「政治家になって欲しい」と請われたのです。それで大学に戻り、法学部のコースを取りました。戦争で障害者になった身でも、国に仕えることができる道ということを考え始めた時、政治の分野が私の居場所じゃないかと感じるようになったんです。

私たちの父母ら一世の歩みは、農場から始まりましたが、ある意味では成功してきたと言えるでしょう。子供たちの中から知事や上院議員なども輩出してきたんですから。私の祖父母は字の読み書きがあまりできず、私に手紙を書く時は、字の書ける人に頼んで送ってきたものです。父は教育の必要性を感じ、子供たち全員を大学に送ってくれました。素晴らしいことだと感謝しています。

他にも同じような歴史を持つ人たちがいるでしょう。貧しい家の出身でも成功できるのです。挑戦していくことによって、人生は価値あるものとなるのです。自分の利益よりも多くの人々を助けてあげることです。世の中には自分の力ではどうしようもない、弱い立場の人や貧困に苦しむ人々がいます。そんな人たちのために役に立つことができるのは、私にとって本当に嬉しいことなんです。

民衆のために尽くす公僕として生きることが名誉です。「自分の仕事が好きだ」と言える人は少ないと思いますが、私は言えます。自身にチャレンジ精神があふれていること。私は非常に恵まれています。

戦争で失った右腕

メアリー・コウチヤマ

戦地へ赴いた日系兵たちに、バレンタイン、イースター、復活祭や感謝祭の時にハガキを送る運動をしました。兵士たちからはこれに励まされたといって感謝され、中にはお金を送ってくれる人もいました。

それは、一二月七日でした。パールハーバーに爆弾が投下されている時刻、いつものように私は日曜学校に行っていました。一二～一三歳の白人の子供たちの教師をしていたわけですが、家に帰ってみますとFBIのカードを持った男たちがやってきて「セイイチ・ナカムラは居るか」と尋ねて来ました。「それは私の父ですが、昨日手術を終えて帰ったばかりで横になっています」と伝えると、すぐにベッドにいた父を捕まえて、連れ去って行ってしまいました。あまりの迅速さで、何がどうなっているのやらわけが分からなかったくらいです。いずれにしてもこの日、ルーズベルト大統領は日本に宣戦布告を発表し、

メアリー・コウチヤマ
（ニューヨーク）

私たちの傍に戦争が迫って来たのだということを思い知ったのです。

私には双子の弟がいて、当時カリフォルニア大学バークレー校の学生でした。彼を含む日系アメリカ人の学生は、全て勉強を中止させられたうえ、家に戻るようにと連絡が出されて彼は帰ってきました。数日後、徴兵されたのです。全く皮肉にも、父がFBIに囚われの身で留置所にいるというのに、私のこの双子の弟はアメリカの兵士となるため徴兵されたのです。母は、捕虜になってしまった父を病院に入れるようにと掛け合いました。やっと病院に入れたものの、翌年の一月一三日に父親に会いに来るようにとの連絡があり駆けつけてみると、話すことも見ることもできないような状態になっていたのです。死ぬ間際になって父は釈放され、家にやっと戻ることができた日の翌朝、冷たくなっていました。

弟は兵士になったことを誇りに思っていて、報告のために生前、父の病院を訪ねたことがあります。ところが父は弟が着ていた軍服を見るや、恐怖のあまり発作を起こしたそうです。拘置されていた時、軍服を着た護衛兵などから受けた仕打ちを思い返してしまったのかもしれません。

私たちは、アッセンブリセンター（一時収容所）などを経て、七カ月後にアーカンソーの収容所に入りました。それからの私は、弟のような二世兵のために何かできることはないかと、日曜学校に集う一五から一六歳くらいの女の子たちと、クルセイダーズというグループを作り、活動を開始したのです。最初は二世の志願兵の名簿を作ることから始めま

雨の 42 丁目通り
（ニューヨーク）

した。五人しか記載されなかったのが、やがては一万三〇〇〇人を把握するに至りました。

戦地へ赴いた日系兵たちに、バレンタイン、イースター、復活祭や感謝祭の時にハガキを送る運動をしました。兵士たちからはこれに励まされたといって感謝され、中にはお金を送ってくれる人もいました。当時、ハガキは一枚一セントでした。一カ月八ドルの賃金を得ていましたので、八ドルもあれば八〇〇人に書くことができます。どうせ使うなら何か意義あることに役立てたいと思っていました。この様な活動を通して、子供たちも二世兵を応援していたんです。そして、兵士たちを励ますことによって、自分たちの人生をよりよくすることになると思いましたし、彼たちこそが日系人の未来を開いてくれると確信していました。

一九四六年からニューヨークのハーレムに住むようになりましたが、現在、人種差別に苦しむ人々のために活動をしています。特に政治捕虜（国家主義に対抗し、捕らわれた人々など）なかでも黒人、プエルトリコ人やアメリカインディアンなどの人々の活動を支援してきました。このような生き方をするようになったのには、私自身が人種差別の被害者だったからというような被差別意識を、私は特には持っていません。

アメリカ憲法の精神はまぎれもなく素晴らしいけれども、理想と行動にはズレが生じます。間違いを正すには沈黙していてはいけない。一人一人が声を出して「それは間違っている」と言わなければいけないと考えた私たちが行動を起こしたのです。

ヒヨシ・イモト

入り口があってその中に入ると大きなオーブンのような物がありました。たぶん死体焼却炉なのでしょう。凄まじい臭いがしました。それから、眼に入るもの全てが醜いものばかりでした。言葉にできないほどに悲惨な光景でした。

ここダッハウに来た時、私は二五歳くらいだったでしょうか。

この収容所に近づいた時に、胸騒ぎがしたんです。一世の両親たちの運命とだぶって見えてしまったんです。

もう五〇年が過ぎてしまって位置関係も定かではありませんが、入り口があってその中に入ると大きなオーブンのような物がありました。たぶん死体焼却炉なのでしょう。凄まじい臭いがしました。それから、眼に入るもの全てが醜いものばかりでした。言葉にでき

ヒヨシ・イモト
（ドイツにて）

ない程に悲惨な光景でした。

婦人と子供とが目隠しされた状態でいましたので、仲間がその目隠しをはずしてあげると、私たちの肌の色を見て、恐怖のあまりに悲鳴を上げたのです。「私たちはアメリカ兵だ、みんなを解放するためにここに来ました」と伝えました。

たしか、ここの壁のところだったと思います。そう、ここにバラックがあったんです。そこで私たちは食べ物を分け与えたり、助けてあげられることはすべてできる限りやってあげました。ただ、あまりに栄養失調の程度が重いと、食する力も弱く、すぐさま食べさせてあげられない人びとも多かったので、もどかしい思いをしました。

私たちが見たり聞いたりしたことは、決して口外してはならないとの軍からの命令でした。一九九二年になって、このダッハウ収容所開放の件がやっと報道されました。日系二世兵の私たちが最初にこの収容所を解放した事実が公表されたのです。その報道があってからまもなく、私たち元二世兵はサンフランシスコのユダヤ人グループから、ディナーの招待を受けました。その席で初めて知ったのですが、なんとその情報をマスコミに伝えてくれたのは、あのとき目隠しを解いたあの婦人だったのです。

ダッハウ・ユダヤ人強制収容所跡

ダッハウ・ユダヤ人強制収容所

ヒトラーが建設させた最初の強制収容所

ユダヤ人の収容所といえば、ほとんどの人はポーランドにある、アウシュヴィッツ収容所（国立オシフィエンチム博物館）を思い出すのだが、ナチスドイツ政権が樹立した一九三三年一月三〇日からまもなくの三月二二日に、ヒトラーが建設させた最初の強制収容所として完成しているのがこのダッハウ強制収容所である。

ミュンヘンの北西、約一八キロのダッハウという町に、第二次大戦中、ドイツ、ポーランド、フランス、イタリア、チェコスロバキア、オランダ、ロシアなどの国籍を持ったユダヤ人らの犠牲者を追悼する意義を込めて、博物館として現在は残されている。

ゲートを通り、左側にユダヤ人虐殺の歴史を証明する写真や、殺人の道具などを展示している。そして、この館の北側に出ると、ざっと見渡す限りの広大な敷地に、現在は一棟だけ残されているバラックの収容所がある（当時一五棟あった）。砂利が敷かれた収容所中央の道を、左右にある不気味な監視塔を横目に見ながらまっすぐに進むと、左前方のポプ

フランク・ギルバート。ダッハウ・ユダヤ人強制収容所からの生存者
（ロサンゼルス）

ラ並木の影に、ぽつんとレンガ造りの煙突が見えてきた。

そのまま煙突の見える方向に足を運びながら、小さな川の橋を渡り近づいていくと、予感した通りガス室があり、隣りの棟には死体処理場もあり、献花されていた。

私はガス室に恐る恐る入った。隔絶された、薄暗い、死への恐怖に満ちたこの部屋は、六〇〇万人ともいわれた大量虐殺の原点となった場所。残酷や非道という言葉の真の意味を知った気がした。天井に眼を凝らすと、消毒のシャワーが出ると騙し、猛毒のチクロンBなどを降り注いだ細いパイプがまんべんなく配置されていた。前後のドアーは、厚く重いもので絶対に開けることができない。ここに閉じこめられた人々の様子を想うとき、全身に鳥肌が立ち、息苦しくなり外に出てしまった。

だいぶ前のことだが、雑誌『マルコポーロ』が廃刊になったことを憶えているだろうか。「ガス室はなかった……」などという、センセーショナルなキャッチコピーで、事実と異なる文章を掲載し発売された号がある。しかし、それを知った雑誌の広告主であるメルセデスベンツ社などを始め、有名各社が即時、広告掲載を中止した。また、米国ロサンゼルスにある世界的ユダヤ人組織であるサイモン・ウィーゼンタール・センターのクーパー副館長は、記事の問題点がどこにあったのかを説明するために来日した。

紛れもない事実の戦争被害をねじ曲げるかのような記事が、ユダヤ人の人権を侵害する疑いがあったため、当時の雑誌『マルコポーロ』にたずさわった編集者らは、実際にユダ

当時の大量虐殺風景写真の展示と来館者

ヤ人強制収容所跡を見学研修させられたことなどを、後日私がサイモン・ウィーゼンタール・センターを訪ねた折りに、館の人に教えられた。

しかして、一九四五年四月にこの収容所のゲートを最初に開けたのが、米国陸軍の日系二世部隊であった。彼ら二世たちは、このおぞましい施設の門に立った時、米国に残り不自由な生活を強いられている父母たちに共通するものを直感したという。開門した時、米軍が眼にしたユダヤ人、約二〇万人の生存者はあたかもゾンビのような印象だったようだ。

アウシュヴィッツを始めとする、すべてのユダヤ人収容所の門には〝ARBEIT MACHT FREI〟(労働は自由をもたらすの意)の看板が掲げられていた。しかし、辛うじて生きてこの門を出たものは、骨と皮だけの姿で発見された者たちだけであった。

ダッハウ収容跡に残るゲート
（ミュンヘン）

アメリカのためだけというのでもなく、自由、解放を勝ち取るために戦う、全ての人々の旗頭として戦ったのだと私に語ったのです。

シンキチ・タジリ

ロサンゼルスで生まれました。小さいときには日本語を話していましたが、今は色々ごちゃ混ぜになっています。

収容所に入れられ、その後に四四二部隊に志願しました。

そして一九四四年に負傷し、六カ月という長い間病院で過ごしました。その間この部隊とは全く離れてしまい、残念なことでしたが仕方なく他の部隊に所属しました。

終戦を迎えてシカゴに戻りましたが、日系人に対する差別的な扱いは、以前とさほど変わりもないアメリカに私は失望してしまいました。もうアメリカはまっぴらごめんと思い、ヨーロッパへ渡ったのです。

ブリュイエール
（フランス）

私は基本的に彫刻家として生きてきました。

そして、二〇年もの間、西ベルリンの美術アカデミーでマルチメディアの教授をしていた時期もありましたが、去年初めてこの墓地（フランス・エピナルにある米軍墓地）を訪ねました。私自身は当時入院していたので、このフランス・ブリュイエールの町を解放する戦いには参加していないのです。だから私はここに来るまでは自分には関係ないと思っていました。

しかし、ここでカルレッソさんというフランス人と出会いました。彼は語ってくれました。「この戦闘部隊は、決して勝つためだけに戦ったのではない。アメリカのためだけというのでもなく、自由、解放を勝ち取るために戦う、全ての人々の旗頭として戦ったのだ」と。私は感動しました。

そして、私にできることはないかと考えました。それで制作したのがこの「結び目」と題した彫刻なのです。この墓地を訪れる人に、何かしらのメッセージを与えることができたらと思っているのです。結び目は、二つのものを結びつけるという意味を込めたシンボル的作品です。例え、ブラジルのジャングルに置いたとしても、結び目として見てくれます。どこにあっても、結び目はむすび目なわけです。

結び目のモニュメント
（ロサンゼルス）

レジスタンス元活動家（フランス）

トーマス・オオミネとの出会い

一九八〇年三月一六日、ホノルルで二世の彼から三時間に渡り、日系人のドラマを聞いた。僕が初めて日系米兵の数奇なドラマに邂逅した瞬間だった。

両親を日本人に持つ彼ら二世たちは、移民先のアメリカで生まれて、当然アメリカ人としての教育と生活環境の中で暮らしていた。しかし、成長した二世に突きつけられた運命は、両親の祖国日本による真珠湾攻撃によって、敵国人としての容赦のない排斥だった。デマによるスパイ容疑そしてプロパガンダへと、日系人に対し権力の矛先が次々とその首に突きつけられていった。しかし、彼らはそれらに屈することなく、あえて忠誠の証しのために志願の道を選択し、ヨーロッパの戦場へと向かう。

まだ若かった私の心に激震が走った。日本とアメリカの架け橋となった二世の人々の証言を記録する作業を決心するきっかけとなった。

トーマス・オオミネ
（ハワイ）

マエモリ・カマド

一九二四年に写真結婚のため、沖縄から二〇歳の時にハワイに来ました。朝七時から夕方四時までサトウキビ畑で働いて、七五銭。電気もないとても辛い時代でした。

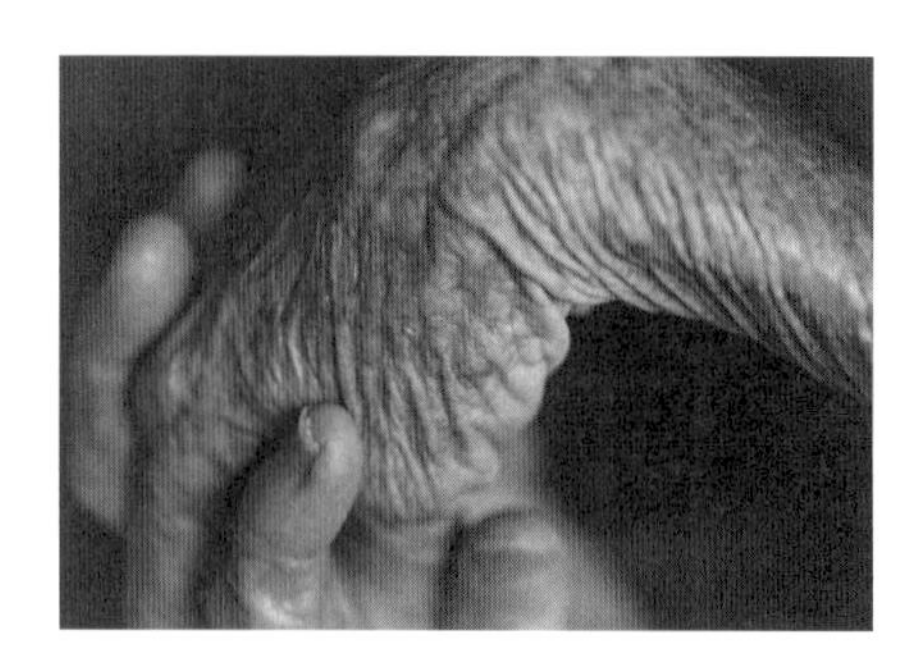

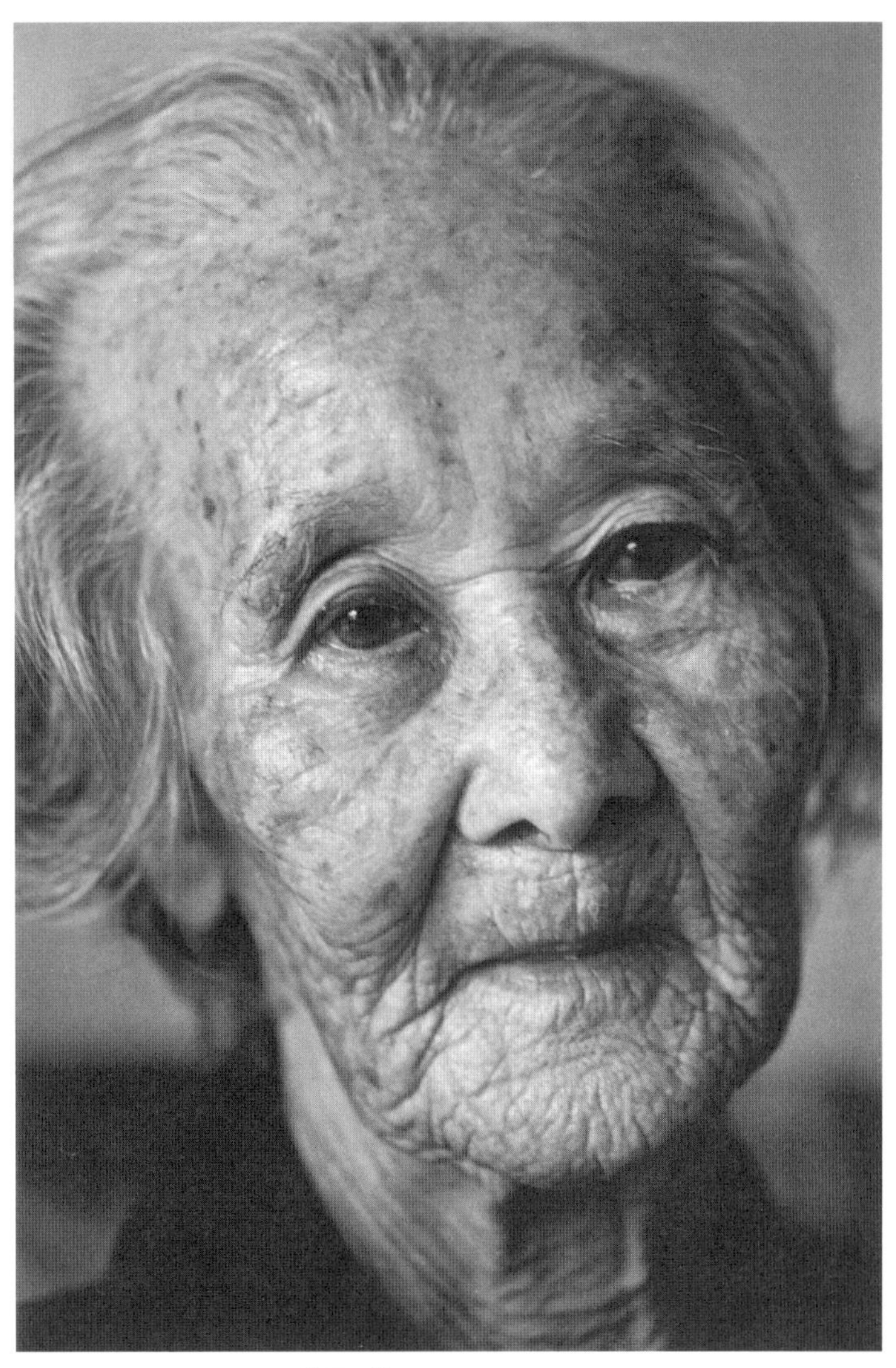

移民一世のマエモリ・カマド
（マウイ）

ユキオ・タツミ

こんなに酷い扱いまでされたら、アメリカに忠誠を尽くしますとは、とても言えず、忠誠登録時には全てNO、NOと答えました。

ここの沖には、あの真珠湾攻撃の数週間前まで、戦艦アリゾナやユタなど太平洋連合艦隊の艦船が停泊していたんです。そして、運命の真珠湾攻撃のニュースが流れると、機関銃を備え付けたジープがずっと待機し始めました。ここの日系人はスパイの集まりとみなされたからです。アリゾナなどの戦艦がハワイ沖に移動したのを、日本に知らせたとの誤解があったのです。たった一日で、こんなにも住む世界が変わってしまうのかと驚いてしまいました。

翌年の二月一九日には、ルーズベルト大統領令発令・第九〇六六号が出されて、カリフォルニア、オレゴン、ワシントン州の西半分とアリゾナ州の一部に住む日本人と日系ア

ユキオ・タツミ（右から３番目）
（ロサンゼルス）

メリカ人が強制的に退去させられました。

私たちのターミナル・アイランドは、スパイ容疑の重大さから、大統領令発令から四八時間以内に退去しなければなりませんでした。白人たちが飛んで来て、あの冷蔵庫を五ドルで買おうとか、ラジオは二ドルだとか勝手に値踏みされ、たった二日のうちに、何十年間も大切にしていた家財道具を全部持っていかれました。ある一世などは、自分の手で、家宝の立派な伊万里焼きを壊していました。二束三文に買い叩かれるのはごめんだと。今思い出してもしゃくにさわります。

初めは日本語の先生らが逮捕され、つづいて漁師が連れて行かれました。私も仮収容施設に向かいましたが、そこはサンタ・アニタ競馬場。馬の排泄物の臭いで息もつまりそうなところで、とても人間の住むところではないと思いました。

それから、ブラインドを閉められた列車に乗せられ、マンザナー強制収容所に送られました。

私たち二世には、市民権があったにもかかわらず、収容所に入れられました。その時に、4Cグループの敵性外国人に登録されたことを知り、頭に血がのぼるのを感じました。こんなにひどい扱いまでされたら、アメリカに忠誠を尽くしますとはとても言えず、忠誠登録の際には全てNO、NOと答えました。

このノーノー組は、後々まで就職には困りました。記録にしっかり残されましたから。

だから今は少しだけ後悔しています。

このターミナルアイランド港は、和歌山県出身者が六五%もいた漁港でした。当時の紀州の漁師は相当貧乏だったようで、マグロを追いかけてはシアトルに着き、そこからロサンゼルスの南に位置するこの港に落ち着いたらしいです。とにかく一世はよく働きました。

一世
(ターミナルアイランド)

チャーリー・ハマサキ

日本人のできそこない、アメリカ人のなりそこないとよく言われていました。

僕は一九二二年に和歌山県で生まれました。生後六カ月頃に、両親たちと一緒にアメリカに渡航した経歴の二世になります。太平洋を臨むターミナルアイランドという漁港に、父と母、そして僕ら子供六人で暮らしていました。

このターミナルアイランドは、和歌山出身者が六五パーセントで、静岡と三重などからの漁師たちが、日本からシアトルへ、そしてさらに漁場を求めてシアトルから太平洋を南下してたどり着いたところでした。日本人の漁業組合もありましたし、魚の缶詰工場やカフェやバーもあり、ピーク時には三〇〇〇人も住んで栄えていたものです。

日本人学校では、女子はもちろん日本語も習ったけど裁縫や茶道を通して躾(しつけ)を身につけ

チャーリー・ハマサキ
（ロサンゼルス）

ました。男子は、剣道や柔道で礼儀作法を学びました。正月には餅つきも凧揚げもしたし、お年玉が楽しみな子供たちの生活など、そのまま日本人の生活様式が継承されているものでした。

ですから、サンペドロのハイスクールに通っていた時も、日本からアメリカに出かける感覚でした。「Youら、Meら」などと英語とチャンポンで話したり、和歌山弁で話したりすることもあったので、白人の同級生たちから、日本人のできそこない、アメリカ人のなりそこないとよく言われていました。浜っ子でしたから、水泳はみんな得意でした。船着き場から飛び込んでは、沖まで泳いだりしていました。アメリカ太平洋艦隊が時々停泊していたので、軍艦の名前を憶えてしまいました。

あのパールハーバー攻撃の翌朝、三時か四時頃に、鍵をかけていたはずのドアーからFBIが入り込んできました。一世の漁師たちが、アメリカ太平洋連合艦隊がここからパールハーバーへ出航したことを日本へ密告したという冤罪により、スパイ容疑で次々と連行されて行ったのです。その日から二四時間監視体制となり、銃を構えた警備兵が常駐するようになりました。この地域からの外出も自由にはなりませんでしたが、校長先生の許可が下った学校だけは、行くことができました。しかし、警備兵に銃を突きつけられて学校のゲートを通るしかありませんでした。

それから二カ月後の四二年の二月になると、アメリカ生まれの市民権を持つ日系二世に

ターミナルアイランド

対して、屈辱の敵性外国人4Cの烙印が押されたのです。

やがて、ターミナルアイランド駅からは、教師や僧侶など日系人社会のリーダーたちが、汽車にゆられて四日間かけてノースダコタ州にある、ビスマーク収容所に連行されて行きました。ノースダコタは、温暖なカリフォルニアでは考えられない零下四〇度という寒さにもなる収容所でした。

日本軍がここまで攻めて来たら二世は戦うかと聞くので、僕はこんなところまで攻めてきたらアメリカは全滅して降伏だ、と断言しました。一世たちの間ではニューヨークのブロードウェイを日本軍が提灯行列してるなどと、作り話で盛り上がっていました。

一世
（ターミナルアイランド）

マツエ・トヨタ

収容所での生活が、苦労と感じないような工夫と努力を、日本人たちはしていたように思います。

亡き夫は、先に移民していて、三三歳の時に一時日本に帰国、その時に出会いました。当時一八歳だった私は、この一五歳年上の人と結婚しました。

明治二九年の一月一五日に長崎から春陽丸にて出航し、米国にやってきました。

わりといい結婚でした。夫がサンフランシスコで奮発して着物を買ってくれました。しかし、私は日本の学校を四年間しか通っていなかったのであまり教育もなく、英語にも大変苦労しました。

それからは、貧乏で貧乏で大変な生活でしたが、ある白人のおじいさんがとても親切にしてくれて、英語をしっかり覚えて頑張れと、いつも激励してくれました。

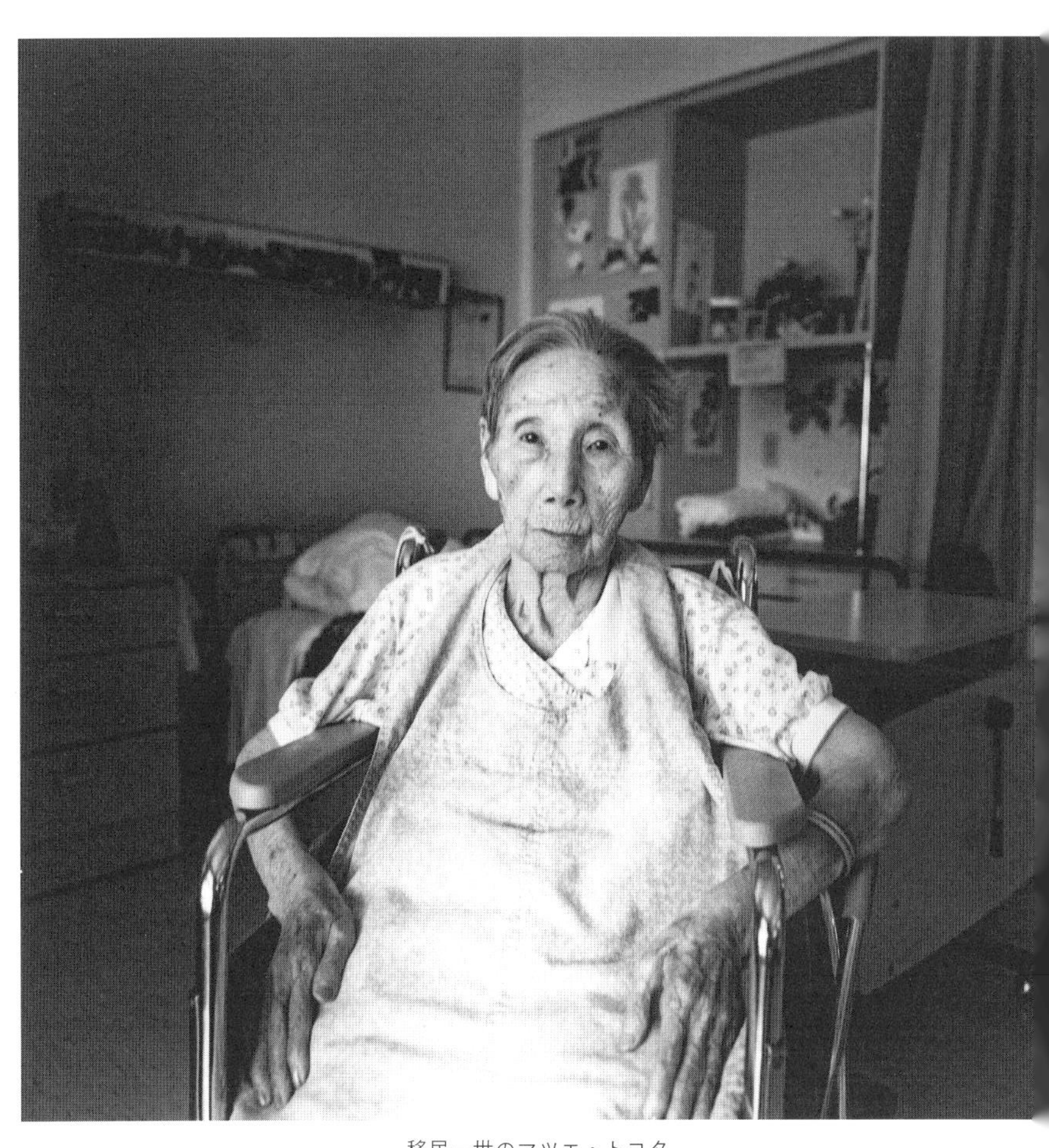

移民一世のマツエ・トヨタ
（ロサンゼルス）

お金がなくてもオーライ。もう、夫が亡くなってもはや二五年になります。私もハズバンドが居るエバグリーン（墓園）へ、もういつ逝ってもいいです。今度あなたと会う時にはお墓にいますからね。

あの時（パールハーバー）には、その後に何が起こるかもう心配で心配でしょうがなかったです。案の定、アリゾナのヒラリバー収容所に移動させられて暮らしました。夫はご飯炊きが上手でしたので炊事場で働き、私はみなに喜んでもらおうと、野菜で漬け物を作ってよく分けてあげました。収容所での生活が、苦労と感じないような工夫と努力を、日本人たちはしていたように思います。

日系人の収容所の問題も、米国政府が一九八九年にレーガン大統領が謝って一人に二万ドル支払っていただきました。子供たちも立派に育ちました。もう何の心配もありません。みんながよくしてくれる。食事はお粥と魚、そして梅干しが大好きです。ありがとうございました。よく来てくれた。嬉しかった。

二世の庭
（ハワイ）

ウォルター・タナカ

あの太平洋戦争がなければ、広いアメリカ大陸で、未だにアジアの同胞たちは、白人社会からもっと見下げられていたのではないだろうかと思います。

僕の庭では、りんご、ぶどう、オレンジ、アボカド、レモン、ピーマン、あんず、しそ、きゅうり、にんにく、たまねぎを栽培しています。特にたまねぎは柔らかく、サンドイッチに最適です。一世の父は熊本から一九〇〇年に一七歳で移民しており、野菜を作って子供たちを育ててくれました。母は一九一三年、二五歳で京都から移民しました。

最初、父はハワイに移民したのですが、一日一ドルに足らない仕事でした。同じ一世仲間から、米本土のサンノゼでは一ドルになるらしいと聞いて、この地にやってきたそうです。やがて、白人のりんご園で職を見つけましたが、りんごの収穫時以外は仕事にならな

タナカ夫妻
（サンノゼ）

いため、いちごを植えることを提案したり、色々と工夫して生産力をあげたようでした。

しばらくして独立した父は、サンルイスオビスポに土地を借りて、日本式の一家団結して働く農業経営を始めたのです。農園は次第に大きくなり、フィリピン人とプエルトリコ人たちを雇っては、野菜をロサンゼルスやサンフランシスコに運び、販売していました。

やがて不景気な時代となり、運送代が負担となり、なかなか儲かるのはきついことを知りました。なにしろ日本人には、銀行はお金を融資するなどあり得ませんでした。でも、使用人たちと家族が一つになって、一生懸命働いた思い出があり、若い時代に身体を鍛えていてよかったと、今つくづく思っています。二一歳で高校を卒業。大学へ進みたかったのですが、それから一年間はそのまま黙って父と働いていました。

そして、僕はまだ日本と戦争にならない時期の一九四一年六月三日に、陸軍に志願したのです。サンフランシスコのプリシディオにあった陸軍情報語学学校（ＭＩＳ）におりましたが、一二月七日の真珠湾攻撃で一変してしまい、ミシガン州のフォート・カスターに連れて行かれて六カ月の基礎訓練を受けたのです。履歴書に農園作業経験と記載したため、石炭運びをさせられて、コックが来る前に調理室を温めていました。でも、通訳兵としての将来を描き、テストを受験して合格。ミネソタ州にあるキャンプ・サベージで、語学兵学校の開校準備要員として、汚いバラックの清掃に明け暮れていました。

やっと一九四二年六月に開校となり、僕はＢ３クラスで一六人の二世たちと授業を受け

一世の産物
（サンノゼ）

ました。一番最高のクラスはスペシャル組で、日本の学校を卒業した二世たちでみな優秀でした。語学兵として卒業した僕は、一九四三年三月初め頃、オーストラリアのブリスベンに赴任。第六軍のキャプテン・クラフトのもとで、尋問官となったのですが、二世の通訳など必要ないと言われ、ジープの運転手なんかしていた頃もありました。

ガダルカナルでの日本兵への尋問により、情報がいかに大切かを知ることとなり、各部隊から通訳兵の要請が続きました。私たちが通訳するようになる前は、扱いに困りおそらく殺していたのだろうと思われます。

ある時、ニューギニアでゼロ戦が不時着し、パイロットが病院に運ばれました。尋問命令が出されたので、名前、部隊名や兵力、飛行機の型式と性能、隊長であれば軍歴などを尋ねるわけですが、日本兵は捕虜になったら死ぬことだけを意識していたため、なかなか話に応じようとはしてくれません。それは恥の文化を美とした、日本人ならごく自然のことでした。私たちは日本兵の相当苦しい胸のうちを理解できるのです。そこで、たばこやキャンディーなどを、古い友人と分かち合うように与えて、リラックスさせることに専念したのです。

僕が静かに質問に答えて欲しいと伝えますと、彼は「情報を話したら俺はどうなるんだ」と言いました。「日本へ帰れますよ」と伝えると、「我々日本兵は捕虜となった以上、どうしても日本の土を踏むことなどできない。もし、どうしても日本に帰すのなら、俺は船から海に飛び込んで自殺する以外にない。日本に帰るよりは、オーストラリアで土地を借りて農業をしたいから、帰国させないで欲しい」と懇願するのです。大多数の日本の捕虜はこんな具合でした。

日本兵の中には嘘の情報を言う者もいたので、感情的になってしまったアメリカの尋問官が、禁じられている行為である暴力により、日本兵を傷つけてしまったことがありました。それが隊長に報告され、尋問官は処罰されてしまいました。このことが伝わり、日本兵の心を安心させたのでしょう。少しずつ心を開いて、情報を語るようになっていったのです。アメリカのためのみならず戦後の日本復興のためにも、僕たち二世は日米の間で、最大の努力をしたつもりです。

やがて、ルソン島リンガエン湾の占領が終了しました。確か一九四五年六月頃と記憶しています。僕たちは連日捕虜の尋問に明け暮れました。そんなある日、ジャワで発見された日本軍の倉庫から獲得した食料を入手し、久々に米兵用の缶詰から解放されました。オーストラリアの二世仲間からトマトやきゅうりなどの種を送ってもらっては、捕虜たちと一緒に農園を造ったりもしたのです。熱帯地域なので、二カ月ほどで収穫できました。みんなで作り育てた野菜を、日本兵の捕虜の人たちが料理してくれた味は、忘れられません。ニューギニアのホーランジアにあった収容所でのことでした。

八月になるとまもなく、沖縄の嘉手納(かでな)へ飛びました。滞在してたった一週間で終戦。一九四五年八月三〇日、沖縄から日本本土の厚木基地へと軍用機で向かったのです。幼い頃から聞いていた父母の国、日本の上空を飛んでいたのでした。海岸線を越えて内陸部へと突き進んでいた雲間に、あまりにも美しい富士山が見えました。二世の僕が、両親の国日本のために役にたつことは何でもすると決意した瞬間でした。大佐級の将校に混じって、通訳兵の僕らを乗せて飛んだ軍用機が、厚木基地に着陸したのです。

滑走路のそばには、日本政府の用意したバスやトラックと共に、日本人ドライバーの人たちがきちんと整列していました。その表情には日本が負けたことや、米兵に国が占領されてしまうことへの無念さがにじんでいました。我々の着いた後、マイケル・バーガー中将の軍用機が到着し、その後の一四時〇五分にはマッカーサー専用機が到着しました。それから二〇マイル先の横浜へと向かいました。先頭に、憲兵たちを乗せたジープが数台、続いて四つ星の光るマッカーサーの車、つぎに三つ星のマイケル・バーガーの車、そして大佐将校と通訳官の僕らの車が続き、最後尾がまた憲兵の護衛車という順で走行したのです。

横浜までの左右の道路脇には、私たち側に背をむけた憲兵たちが、五〇メートルほどの間隔で警備にあたっていました。横浜にあった絹糸検査所が、一カ月ほど総司令部として使われ、元帥らの宿泊には横浜ニューグランドホテルが使われました。少尉、中尉、大尉、そして少佐までは、横浜インターナショナルハウスに駐屯することになったのです。

その日本上陸初日の夜のこと。日本側の「朝日新聞」や「毎日新聞」などの記者らと、

僕ら二世と、二人の米軍人（大尉と中尉）で夕食会を催した席上で、突然この米国空軍の大尉が、日本人たちに向かって「こんなに早く終戦になるのなら、日本のすべての都市に原子爆弾を落として破壊しておくべきだった」と言い放ったのです。僕は何と恐ろしいことを口に出したのだろうと、驚くばかりでした。その大尉は日本軍のパイロットに仲間が殺されたことに、深い憎悪を抱いていたのでした。

その時、その内容を感じ取った同席の日本人は、次のように話され、通訳を依頼しました。「すべての日本人が、米国との戦争を好ましいと思っていたわけではなかったのです。しかし、現実には両国が争う結果となってしまい残念です。我々の大部分の国民は、戦争をしたくはなかったことを率直にお伝えしたいのです」と。

その後、総司令部は東京第一ビルに移りました。それとともに進駐軍は、北海道から沖縄まで占領することになっていきました。そんなとき、マイケル・バーガー中将に突然呼び出され、第八軍の病院にいる東条英機の通訳を仰せつかったのです。東条が自殺未遂した時、彼は米兵たちの輸血で助かったと、アメリカの新聞が大きく掲載した後でした。その後の回復状況などをインタビューし、報告しました。

戦犯たちは施設や病院に収容されていました。僕は、彼ら一人ひとりの健康状態や環境などについて通訳しました。主に、第八軍バイヤーズ少将の通訳官として任務にあたりましたが、時としてケーラー情報部副課長の通訳も頼まれていました。

その中には、本間大将が新潟で発見されて収容所に連行されたので、リンガエン湾の上陸作戦時の日本軍の各部隊名と、命令内容についての質問を通訳したこともありました。軍服姿の立派な体格の本間大将は、英語を理解できる人でした。米軍将校は「素晴らしく堂々としている軍人だなあ」と感心していました。

他にマッカーサーの元には、二世の情報兵らが多忙な任務を遂行しておりました。ちなみに、最初はバワーズという白人の情報将校が、通訳をしていました。彼はかなりの日本びいきで有名で、あの歌舞伎座解体反対を唱え、マッカーサーに箴言したことで知られています。

僕は、一九四七年、横浜第八軍情報部長、一九五〇年五月には第一騎兵団情報部長になっていましたが、ペンタゴンの命令により、ロシア語を学ぶために一時米国に帰国しました。モントレーの陸軍語学情報学校にて一年間、それからCIC（Counter Intelligence Corps）で半年間、再び教育されてから、一九五三年二月頃に再来日したのです。米ソの冷戦時代となり日本の共産主義化を恐れて、日本の共産主義者約一〇万人に及ぶ活動調査を命令されました。

朝日、毎日、読売などの新聞記事を連日調べて、情報に赤ペンでマークしては、その記事を翻訳して司令部に報告しました。

日本人と米兵との事件が多発していた時代で、朝鮮人がからんだ事件も多数発生していました。また、米兵が芸者さんに暴行を働いたりした事件の時にも、警察をジープに乗せて現場へと直行したりしました。民間人と米兵との裁判や、軍法会議の通訳官として立ち会っていました。右手を挙げて、良心に従いなにごとも黙秘しないことを誓いますか？ハイ……と言って始まるわけです。

進駐軍の通訳官の任務を終えた僕は米国に帰国。故郷カリフォルニアのサンルイスオビスポの交差点で赤信号のためストップしていた僕の車に近寄ってきた白人が、軍服姿の僕に向かって「ヘイ、ユ、ジャップ。止まらずさっさとこの町を出て行きやがれ」と中指を立てながら言うではありませんか。

戦後、強制収容所から出た日系人たちは、もと住んでいた場所に戻れなかった人たちが大勢おりました。その人たちは他州へと向かって行ったのです。現在でも僕らの年代の中には、白人たちと人間関係がどうしてもうまくいかない状況があるのです。やはり戦争がいまだに影響している世代なのです。しかし、僕らの子供たちである三世は、アメリカのどこの大学でも教育をしっかりと受けることができるようになりました。そのお陰でハーバードなどの名門大学で博士号を取得することもあり、学ぶという恩恵を受けることのできる時代に生きています。

ある意味、あの太平洋戦争がなければ、広いアメリカ大陸で、未だにアジアの同胞たちは白人社会からもっと見下(みくだ)されていたのではないだろうかと思います。一九四六年、四年

母（写真）一世の三味線

間に及ぶ強制収容から解放されることになった時でさえ、二五ドルと鉄道の切符を渡されただけです。すべての財産を失った日系人への保証はありませんでした。

一世である父には土地がなかっただけでなく、戻るべきところがどこにもなかったのです。やっと見つけたロングビーチの仮住まいから、夜になるとロサンゼルスに出て来ては、酒場の掃除の仕事をしていました。そのうち弟が庭師の仕事を始めたので、父も一緒に晩年まで働き通しました。父は一九〇〇年に一七歳で移民して以来、戦後の一九五二年にやっと市民権が下りてアメリカ市民となりました。欧州人と黒人はとっくに市民権が取れていたのに日系人の権利はこの時まで与えられませんでした。

父は市民権を取得した後、ロックフェラーが大統領選挙戦に出馬した時に「ロックフェラーは前妻と離婚して若い女性と結婚した。こんな人物が大統領になる資格はない。ロックフェラーに投票するな」とブロークンな英文を知り合いの仲間に手紙にして送ったことがありました。

父は勤勉で筋の通らないことが嫌いでした。その父が、死ぬ前に一度熊本の実家にある両親の墓参りに行きたいと言うので、一九七一年の正月に僕と二人で日本へ行ったのです。一九七五年にやっとサンノゼで一緒に暮らして、二年後の一九七七年に九四歳で亡くなりました。母は一九一三年に移民して以来、一度も祖国日本へは帰らず、一九八二年に九二歳で亡くなりました。傍らには亡くなるまでしたためていた日記「私が生きた九二年」の

自叙伝が、カタカナとひらがなとテープで遺してありました。

エバーグリーン墓地
（ロサンゼルス）

ダン・オカ

二世の精神は、日本人のこころを継承していたからこそ、今日の日系人の地位向上につながったのです。

一九二〇年に三男坊としてカリフォルニア州ワトソンビルに生まれました。僕が五歳になると、父は米国に残りましたが、母が僕たち兄弟五人を連れて、一九二五年に一時、日本へ帰国したのでした。父の故郷の岡山に着いて、すぐさま母は僕たちの教育を託して、父の待つ米国へ戻りました。

一九三七年に岡山の高松農業学校を卒業した僕は、二人の弟を日本に残し父母の待つ米国に帰米二世として戻りました。すでに上の兄二人が戻っていた懐かしいワトソンビルへ、一二年ぶりに帰ったのです。父は日本人移民の一世として、アメリカ政府へ不安があったのでしょう。僕が戻ると満州に一緒に行かないかと言うのです。アメリカという国は、父

ダン・オカ
（ロサンゼルス）

の眼に日本人には将来のない国と映ってしまっていたのでした。

やがて、まさかの真珠湾攻撃が起こったのです。日系人社会は、かつてない混乱の渦に巻き込まれていきました。

年が明けて四二年二月一六日に、プリシディオ・モントレーの陸軍情報部に、語学兵として友人三人と入隊したのです。でもすでにアメリカ軍の制服姿の日系人が、バラック（兵舎）の前に何百人と整列していたのを見た僕は、もうこんなに日系人だけの軍隊が招集されていたのかと驚きましたが、実はその光景は反対で、除隊命令であると聞かされた時の気持ちは、矛盾でいっぱいになりました。

僕は軍隊経験もないし、もちろん誉められるような功績など何もなく入隊したのに対し、日本軍に真珠湾攻撃されたことだけで、アメリカ生まれで市民権を持つ戦前の日系アメリカ兵が、全員除隊だというのです。では、僕ら三人も日系二世であるのに、情報部入隊を許可されているのはなぜか、どうして入隊できるのかと、白人将校に疑問をぶつけたのですが、その理由については、自分では分からないことだと答えたのです。三人で顔を見合わせて驚いてしまいました。

数日後、僕らは一人ずつ呼ばれて質問されたのです。三人のうち僕だけが帰米だったからか最後に質問されました。でも質問事項を二人から知らされていたので、もう答えは簡単だと思っていました。その質問は「アメリカに忠誠を誓うか？　ヨーロッパで敵を撃つことができるか？　米国政府と日本政府は、君たちにとってどちらが正しいと思うか？」など教えられた通りの質問の他に、やはり僕だけ日本での生活が長いからか、「君は太平洋戦で日本人に向かって実射できるか」とあらたな質問を投げかけたのです。僕は「死ぬか生きるかの瀬戸際での選択なら撃つ」と答えました。

次いで「アメリカ政府と日本政府のどちらに興味があるか」と言い出す始末。日米の政府についての問題を出されるとは想像もつきませんでしたので、率直に、日本には五歳から一七歳まで滞在していたが、日本の政治を知る年齢ではなかったこと、また「アメリカ政府の民主主義についても考えがまとまっていないので、今は答えを持っておりません」と言ったのです。試験官にOKとだけ言われて質問は終わりました。

僕とオオタニとミヤモトの三人は、ミズーリー州のキャンプ・クラウダでの歩兵の基礎訓練後三カ月間、毎日毎日皿洗いだけという働きがいのない作業に落胆してしまったのです。次のキャンプはアーカンソン州のロビンソンで、四カ月くらい歩兵の訓練をさせられてから、軍のスキー訓練場のあったコロラド州、キャンプ・カーソンに行きました。そこでは、スキー訓練後のあとかたづけが仕事でした。もうあきあきしていた頃、MIS（米国陸軍情報部）のアイソ大佐と幹部ら二〜三人が訪ねて来ました。どうやら日本語のできる二世兵が不足しているらしく、隊長からインタビューを受けるようにと言われてはいたのですが、誰も受ける者がいなかったのです。隊長はドイツ系アメリカ人で、第一次大戦の苦い体験から二世に同情を寄せながら「気持ちは分かるが顔を出すだけでいいから参加してみなさい」と言うので試験を受けてみました。オオタニとミヤモトは四四二へ。僕はＭＩＳとしてアイソ大佐と共に、他の二世たちとミネソタ州のキャンプ・サベージにある陸軍情報部二期生として、訓練を受けることになったのです。

ＭＩＳを卒業し語学兵として、日本軍が占領していたキスカ島をアメリカ軍に奪還せよ、との命令を受けて、海軍の大艦隊がキスカ島へ向かいました。進行最中に日本語のラジオ放送の大本営発表の臨時ニュースを、うまく傍受できたのです。飛び込んできたニュースは、「日本軍の潜水艦の攻撃により、敵アメリカ艦隊を多数撃沈した」と声高らかに伝えていたのでした。しかも、僕らが乗船しているグラント号を名指しで撃沈したと伝えていたデマ情報に、ぼくはほくそ笑みながら、回りの白人兵たちに通訳をすると、みんな大笑いしました。

キスカ島沖は、大変深い霧が立ちこめて非常に見えにくいために、航海は慎重を極めていました。やっと霧の晴れるのを待ち上陸したときには、時間の経過していたこともあり、日本兵は一人のこらず撤退したあとだったのです。一九四三年の七月のことと記憶しています。

この作戦のあとに、ミネソタ州ミネアポリス近くのキャンプ・フォートスネリングに戻った時期には休暇が許されました。すぐ上の兄が、コロラド州デンバーでシュガービーツ（赤い甘い大根）栽培農場で仕事をしていたので、そこへ出かけることにしたのです。

この兄は、カリフォルニア州から強制収容の命令が出た時にコロラド州知事が日本人の人権擁護のために移住許可したことを知り、デンバーに移り住んでいたのです。しかし、この州知事はこれが災いして以後アメリカ政府から、厳しい対応をせまられました。僕たち日系人にとって忘れられない恩人のひとりなのです。

休暇後、新しい任務としてハワイ行きが命じられて、Joint Intelligence Center of Pacific Ocean Allor（JICPOA）の海軍付き語学兵として、太平洋上のサイパンやグアム、そしてテニアンの日本軍の無線傍受や捕虜たちへの尋問、それに没収した書類などをつぎつぎ翻訳していったのです。

四四年、テニアン島には、サイパン島からの日本人や朝鮮人の捕虜が大勢収容されていたのです。しかし僕の担当は、すべて民間人でした。子供たちの面倒をみたり、学校を作ったりすることが仕事でした。

司令官は、机やいすを確保しては教室をつくることに協力的な方でした。時には僕に、戦争や軍のことをあえて話さずに、戦後の生き方について日本や朝鮮の方たちに話してあげなさいと言いました。

幸いにこの民間人の捕虜の中には、教師が二〇人から三〇人ほどおりましたので、僕は日本で受けた教育経験を生かし、自分の感じるままアメリカという国の民主主義について話をしたのです。教師たちは、日本は今後どうなってしまうのかとか、子供たちの未来について特に責任を感じていたようでした。アメリカは日本がよりよい民主主義国家に生まれ変われるように努力を惜しまないはずですから、と励ましの言葉を僕なりに一生懸命訴えました。

ある日のこと、農業に詳しいアメリカ海軍の将校が、早く子供たちのために農産物を配給させないと脚気(かっけ)にかかって大変なことになってしまうと心配して、ハワイから植物の種を送ってもらって、日本人や朝鮮人の農家経験者が中心となり、米軍のトラクターなど使って畑を耕して、カボチャやコーンなどを植えたのです。気候が暖かいので結構早い収穫となり、みんなで味わったものでした。

一二月に、日本軍の神風攻撃を初めて目の当たりにしました。命を散らしてまで攻撃してくる姿が信じられず、恐ろしさが脳裏を離れませんでした。

こうしたテニアン島での四カ月ほどの仕事でしたが、やがてここを離れる時を迎えました。教師たちが別れ際、涙して手をふって僕らの船を送ってくれました。

ハワイに戻り、幾日かして原子爆弾が広島に投下されたニュースを聞かされ、あのテニアン島からエノラゲイ号(B29)が原子爆弾を搭載して飛び立ったことには、驚きでした。当然トップシークレットでしたから、誰も知るよしもなく遂行されたことでした。日本はもう負けることを覚悟していたのに、どうして急いで降伏をしなかったのだろうか。なぜ

全米日系人戦没者慰霊式典
（ワシントン）

……なぜ……と頭の中に幾度も疑問を投げかけていました。アメリカ兵の中にも原子爆弾投下に強い疑問を持つ者もいました。

終戦後まもなく九州に上陸する際に、原子爆弾を使わなければアメリカ海軍はこの辺りから上陸するはずだったと聞かされました。また、マッカーサーは関東から上陸するという作戦もあったようでした。僕の心は、戦争が終結したとはいえ簡単に割り切れるものではありませんでした。

佐世保に一九四五年九月初め頃に上陸して、門司で日本の軍事政権に反対した政治犯の釈放に立ち会ったことがありました。ちょうどこの頃から、アメリカ軍の戦闘機が墜落した現場を訪ねたり、アメリカ兵捕虜の消息確認調査も開始となり、担当の北九州エリアをくまなく訪ねて歩きました。しかし、鬼畜米英と教育されていた日本人が、アメリカ兵の情報を素直に伝えはしませんでした。門司の近くだったと思いますが、アメリカ軍機墜落痕跡が残るところに献花されているのを見つけたのです。近所の方に尋ねてみるとずっと花だけは欠かしたことはないとだけ答えてくれました。

ある休みの日のことでした。海兵隊の隊長の通訳としてデパートに同行していたのですが、朝鮮人が店にある商品を手当たりしだい略奪して大騒ぎになっていました。この人は戦勝国の一人として当然だ、と言わんばかりの剣幕でした。隊長は軍歴を求めましたが、答えられずに立ちすくんでしまった彼に、今すぐ盗んだ品物をもとに戻すように命令した

硫黄島占領記念碑
（ワシントンDC）

のです。今度同じ行為を見つけたら逮捕することになる、と告げてやっと平静に戻ったのです。この事件は占領側の兵隊にも刑罰があることを、日本人に知らせることになったのでした。

九州での任務が二カ月ほどで終わり、アメリカに帰国して、兄のいるデンバーに世話になってから一年が過ぎようとしていました。絵が好きだった僕は、ロサンゼルスに出てアートスクールに通うことにした時でした。すぐ下の弟・武史が、日本軍として四四年一二月、特攻隊で戦死したことを耳にしました。しかも、場所はテニアン島沖。僕が赴任していた時期と重なります。加えてもう一人の弟は負傷兵になっているという情報も入ったのです。日本に残った弟たちが味わったであろう例えようもない無念さ。私が見たあの特攻は、弟ではなかったのか。これが深いショックとなり、精神障害から立ち直れずに、アリゾナ州にあった軍の病院にその後の七年間、入院せざるをえませんでした。もう一生退院はできないだろうと思ったほどでした。

絵が唯一の救いだった僕は、アメリカの有名なマンガコンテストに募集して、一等を取ったことが自信となり、退院可能なまで回復していきました。心が少しずつ晴れて笑顔が戻ってきたのです。すぐ Shouynard Art Institute 学校に再び通い始めました。授業についていくことが半分しかできない体力でしたが、卒業できたのです。しかもラッキーなことに、すぐ仕事に就くことができたのです。

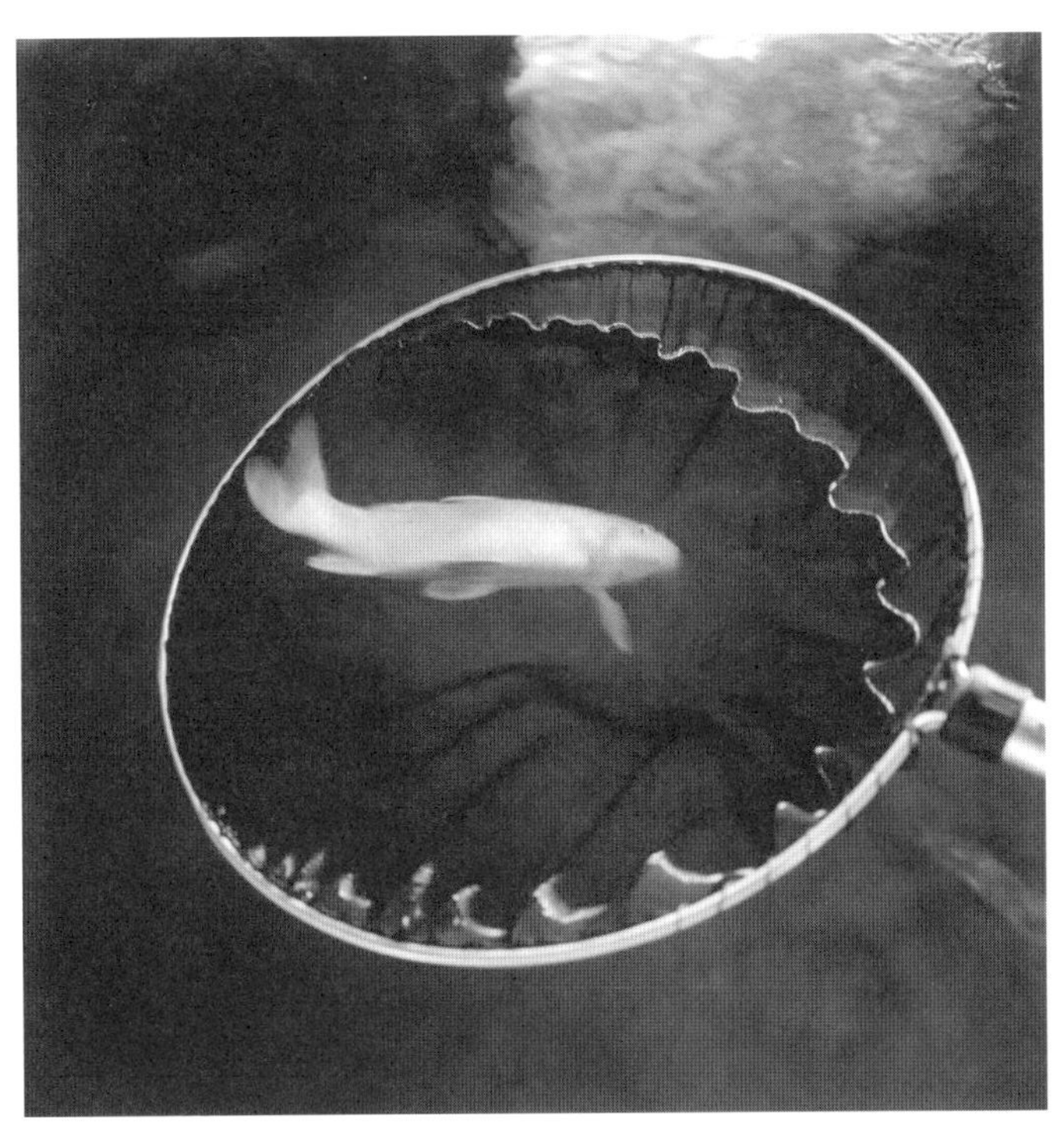

日本から輸入した鯉

小さい会社でしたが、充実した気持ちでデザイナーの仕事に誇りを持って働いておりました。ところが、私が出席しなかったある会議で、日系のダンのことを信用できないと発言した社員がいたようです。その意見を聞いたボス（社長）は、「ダンはここにいる僕たちアメリカ人より、もっとも最良のアメリカンスピリットを持っている。二度と批判することを許さない」と告げたということを、後になって仲間から聞かされたとき、僕はひとりトイレで泣きました。以来、この会社では差別されることはありませんでした。

若い人たちは、もっと国をよくしていくことを学ばなくてはいけません。私利私欲のために、人生があるのではないのです。二世の精神は、日本人のこころを継承していたからこそ、今日の日系人の地位向上につながったのです。軍隊経験をした僕は、どんな理由があっても武力によってではなく話し合いにより戦争を回避しなくてはならないと言えます。

ラスキー・キムラ

行動を起こすことが、名誉挽回への最大のチャンスになることは、志願者にとって言わずと知れていたことでした。

一九三二年一月、日本軍が上海を攻撃した時のこと。日本人一世たちは、アメリカの船ハナイ号が、日本軍の攻撃で沈没したことに触れ、アメリカと戦争になることを憂慮していました。その頃は一世たちのほとんどが、寄付を集めては日本に送金していた時代でした。それは、やはり働いても働いても土地が自分のものにならない、アメリカ政府が日本人移民者に対しての政策に反発してのアクションだったのではないでしょうか。

明治元年生まれの父としては、次第に日本人への待遇が厳しさを増していくことにより、次代である二世たちが日系人としての誇りを持ち続けて生きることが困難となりはしないかということを、心配していたのでしょう。それはやがて、「日本を知らないのに日本人

ラスキー・キムラ
（ロサンゼルス）

として生きることは無理だろう。アメリカで生まれた以上、このアメリカのために尽くすべきである。恩ある自分の国（アメリカ）を裏切るのは日本人精神ではない。お前たち二世が生まれ育った自分の国に尽くさなくてはいけない」と語らせることになったのです。

父は日本と戦争になる以前に亡くなりましたが、パールハーバー後も僕の心にはこの父の言葉が残っていたので、収容所から志願し、進んでアメリカのために尽くす行動を起こすことが、一世にも、今後の日系人社会のためにも必要な、時のリズムだったと思います。賛否の議論だけでは、何も生まれないのです。行動を起こすことが名誉挽回への最大のチャンスになることは、志願者にとって言わずと知れていたことでした。

情報学校を卒業すると、アジア太平洋地域での日本軍の情報入手に欠かせない、日本語通訳者の要望に応えて私たちが派遣されました。まずサンフランシスコから船でオーストラリアのブリスベンに着き、五〜六マイル離れたところに、軍の宿泊施設のあるキャンプ・チェルマーがあります。そこから隣り町のインドリピリーに向かうと、オーストラリア軍の本部がありました。中国軍や英国軍の将校も、数こそ不明ですが任務についていました。

このオーストラリア軍本部には、二〇〇〜三〇〇人のＭＩＳが集結しましたが、配属決定後はまた、分散してしまいます。僕らの場合は第三師団に配属となり、隊長はオーストラリア人のティムソン大尉。僕ら十数人で組織された情報兵部隊は、タウンズビルから飛行機でニューギニアへ飛び、そこからソロモン諸島のガダルカナルの北に位置するブーゲンビルへと着いたのです。

仲間のイシザキ（ハワイから志願）と僕は、中隊で捕虜の尋問をすることになりました。また日本軍の書類や手紙などを、オーストラリア兵が拾い集めてくるので、随時翻訳作業をするのです。日本語から英語に翻訳した情報は、逐一隊長に報告するのです。

その中に、日本軍の攻撃命令書が眼に止まりました。赤はオーストラリア軍、青は日本軍とに色分けされている他、さらに鉛筆で陣地や攻撃時間と攻撃目標まで詳細に記入されてありました。しかも、明日朝一〇時が攻撃時間となっていたので、大急ぎで大尉に報告しましたが、一言の礼も言われませんでした。翻訳した情報の通りに攻撃があれば、ブーゲンビルの南に百武中将率いる日本軍第一七軍、金子少将の第六師団、それに第一三連隊牟田大佐を含めた九州の兵隊に対して、こちらは、僕が所属していた一六〇人だけのティムソン大尉率いるオーストラリア軍で迎え撃つことになるのです。大尉は、二〇マイルも離れているから、日本軍が攻撃してくるとは思えないと言うのでした。僕は、「すでに日本軍は半分くらいの距離に進軍しているかもしれませんが、僕の任務は日本軍の情報翻訳で得たことを伝えるだけですので、後は貴方が大尉としてこの情報をどう判断するかです」と答えました。

このティムソン大尉とは、相性がとにかく悪かった。他のオーストラリア軍の将校とは、ティータイムには誘われたし、一緒にカードをしたりといい関係を保っていたのですが、このティムソン大尉だけは、意地の悪い人でした。

僕はアメリカ軍人としての職務を果たさなければなりませんでしたが、父の故郷、九州出身の日本軍の情報を知らせることは、正直あまりいい気分ではなかったのです。けれども、これが現実の戦争でした。

ティムソン大尉は結果的には僕の情報を信じて、攻撃態勢に転じた結果、損害は少なくてすみました。僕の見た限りでは、オーストラリア兵一人が病院に運ばれていました。このティムソン大尉には、この功績により、勲章を授与されましたが、それでも僕は感謝されることはありませんでした。

この戦いで捕まった日本兵たちに、僕はテントの中で尋問していました。このテントにはマッカーサー元帥でさえ、許可なく入室することはできないことになっていたのにもかかわらず、このティムソン大尉は、これを無視して入って来るのです。この尋問はマッカーサー総司令長官のサイン付きのオーダーであり、どんな命令より最優先となっていたにもかかわらずです。

ティムソン大尉は、尋問中に脇でいろいろ指示するので、一五分で済むところを三時間もかかってしまいます。こらえ切れず、軍曹の僕が、上官の大尉に向かって、無断入室を強く断りました。このやり取りを、隣りのテントで将校たちが聞いていました。その将校たちは僕の方が道理であることを知っていて、いつも声をかけてくれて仲がよかったのです。正しいと信じることを言い切っただけですから、当然のことなのです。

またある時には、オーストラリア軍の制服を着ろと命令されたので、僕はオーストラリアの文化を侮辱するわけではありませんが、もし戦場で倒れた時にオーストラリア軍の制服姿で死ぬことは、アメリカ人としての自分自身が納得できないので着ませんと断っています。

七カ月間、ジャングルで日本兵の捕虜と共に暮らしました。尋問の内容は名前、役職、部隊、指揮官、攻撃計画、武器、食料の量などを訊ねては、報告書にまとめていきました。一九四四年一〇月から、四五年五月までの時期のことは憶えています。すでに戦争末期であり、僕の担当した九州出身の兵隊には、食料はほとんどなくなっていたのです。僕は父の熊本弁をまねて「オイ、ドギャン、アンバイデスカ……?」「ドガシコデン、タベテモヨカバイ……」「イクラデンアルカラ……」「オイドンノムネニコンタイ……」と普段は尋問に使わなかった方言も使うようにしたら、捕虜となっていた少尉、軍曹、一等兵の日本兵たちは、次第に心を開いてニコニコしてくれるようになっていったのです。日本兵捕虜への待遇は、僕たち二世が上官に進言していたので、少しは改善されていたはずです。

そういえば、山崎という捕虜にケーキとたばこをあげなさいと白人の軍曹に言ったことがありました。彼はこれは捕虜が食べる物ではないと言い出すので、物資は山のようにあるのだからひとつぐらいあげなさいと、命令口調になってしまったことがありました。タオル、たばこ、フルーツケーキ、キャンディー、ガムなど、一番喜ばれたのはケーキでした。

僕は、師団本部の近くの野戦病院に、短い時間でしたが訪ねるのが日課でした。一二〜三人の捕虜が負傷していたので、元気かと声をかけて一人一人の様子を見ていたのです。捕虜になってしまったことを悔いる人や、頭を撃たれ重体になっている人。足を撃たれてそこが腐り、ウジが湧き出してしまい殺してくれと叫ぶ人。僕は「なんだ勇敢な日本兵のくせにそのくらいで弱音を吐くな、ちゃんと治療して元気になって日本の戦後復興のために生きろ」と励ますのです。

その後フィリピンのマニラに、翻訳の要請を受けて赴任。やがて終戦を迎えたのです。少尉へ昇格となり、東京のGHQへと向かいました。船で横浜に着いた後、トラックでお茶の水にあった宿舎に着いたのが、一九四五年一〇月二日でした。GHQ時代の僕は、日本郵船ビル内で、秘密文書の翻訳・通訳のチームキャプテンとして、主に地質や医療、そして共産党関係の書類や手紙を翻訳をすることが仕事でした。旧日本海軍の梅津中将がよく出入りしていたし、日本人の大学教授も数人翻訳者として、僕の部署に雇われていました。

二一世紀の日本には、僕たちが見た戦後の混乱を知る人は、もう数少ないでしょう。日本の家庭崩壊など耳にしていますが、僕ら二世たちの少年時代は、いくら貧乏でも、日本人の家庭からは、警察に捕まった人の話とか聞いたことがなかったほどです。どんなに苦しい生活でも、人様に対して恥ずかしいことだけはしてくれるなと、僕らはよく言い聞かされていました。

ラスキー・キムラの両親の写真

ジョージ・タカバヤシ

僕の尋問第一号は、捕虜となったことを親戚、家族に絶対に知らせないようにして欲しいと言った日本兵でした。

アメリカでも日本と戦争したことを知る人たちと交流を持つ機会が、少なくなってきました。特に日系二世の情報部関連については、守秘義務期間が長かったためにあまり伝えておらず、日系人が果たした歴史を残し、知らしめていくことの重要性が急浮上しています。

日本との戦争になる前から、予備役将校訓練部隊ＲＯＴＣ（Reserve Officer Training Corps）というプログラムがあり、連邦政府からこのための用地を借りてありました。当時ハワイ大学には一～二年生の男子は健康検査後、特に障害がない限り、このプログラムに参加するという規定がありました。

三～四年生には、シニアプログラムがあり、下士官の階級から予備将校になり、卒業時

ジョージ・タカバヤシ
（ハワイ）

に陸軍の少尉になるのです。

一二月七日の真珠湾攻撃後の一〜二時間後には、ラジオを通じてハワイ大学のROTCに所属している生徒は、一二時にまでにイオラニパレスに集合するように命令されました。早速、ハワイ警備隊（Hawaii Territorial Guard）が組織されました。任務としてはオアフ島の各所にあった水上げポンプや、ガス、電気の変電所などの施設パトロールなどで、即席ではあったにせよ、組織されたことに誰一人文句を言う者などなく、喜び勇んで任務に就いたのです。軍曹の僕は、カネオへの精神病院の隣りの水道ポンプ施設警備が担当と決まったので、一〇人の部下たちとまるで精神病院に入院しているようだとジョークを言ったりしてました。この任務は、真珠湾攻撃の日から翌年の一九四二年一月二〇日までの一カ月半ほど続きました。

突然、マヒコ隊長の命令で、一月二〇日、日系二世隊員が全員集合させられたのです。このマヒコ隊長は、カメハメハ高校のROTCプログラムの主任教授でした。彼は「これから政府のメッセージを、神父から伝えていただきますので、静粛にお願いします」と述べ、引き続き、神父が僕たちに向かって「率直に申しますが、君たちは本日限りで全員除隊となります。理由は真珠湾奇襲攻撃をした、敵国である日本人の血が流れているからです」と。

それ以上のスピーチはなかったのです。何と簡単過ぎる一言でしょうか。これがアメリカ人として生きている人間に対してのメッセージかと思うと、悔しくてしょうがなかったのでした。もう六〇年以上も過ぎた今でも思い起こすと、瞼が熱くなります。

当時、僕らは二〇歳前後で、全員日本人を親に持つ者ばかりでしたが、アメリカ人と一緒に学校に通いながら、日本語学校にも通っておりました。日本人の先生からは、両親は日本人であるが、君たちは日系出身の立派なアメリカ人であり、母国アメリカのために忠誠を尽くさなければならない、と当然のように教育されていました。

二世の思いはとどまらず、除隊命令後、ＶＶＶ（Varsity Victory Volunteers）——大学必勝義勇隊を組織することとなり「日系アメリカ市民として忠誠を誓い、何でもするから政府の思うように存分に使ってくれ」と軍部に直訴したのです。

僕はＯＣＤ（Office Civilian Defence）総支配人のジョージ・ムラカミに誘われて、救急車のドライバーをしばらくすることになりました。やがて日系だけの兵隊で組織する四四二部隊募集に志願しました。一九四三年三月二三日に、アロハタワーから輸送船でオークランドに向かい、二五週間の基礎訓練をミシシッピー州キャンプ・シェルビーで行う予定となりました。

オークランドから汽車南経由でシェルビーに向かう計画のはずが、途中で地滑りが発生したためにミネソタまで行き、それからワイオミングを通ったのですが、そこで生まれて初めての雪を見て驚きはしゃぐ僕たち二世のために、運転手が汽車を止めてくれました。

早速、雪合戦をしたことが忘れられない思い出となっています。

ミネソタの駅で三時間停車するので、市内に出る許可を与えられました。もう一週間ほど食事らしい食事をしていなかったので、チャイニーズレストランをやっと探し当てヤキソバを食べました。しかし、ハワイで食べていた味とは全く違うことを知り、知らず知らず日本風の味付けで育てられていた自分に気づきました。

シェルビーでは新兵としての基礎訓練をしました。この期間中に、日本語教育を受けた二世を語学兵として採用すべきだということになり、簡単な試験を受けた後、ミネソタ州にあるキャンプ・サベージへ、語学兵として約五〇人が回されました。一九四三年八月から、卒業の四四年二月までサベージにおり、その後は同じミネソタ州にあるフォート・スネリングで語学の復習をしながら一カ月ほど待機していました。

ミネソタ州に二つの語学訓練施設が存在していたのには理由があります。戦前にはすでにサンフランシスコのプリシディオに創設されていた陸軍情報学校が、日米開戦後に太平洋側からの移設が検討されました。その結果、ノルウェー、フィンランド、スウェーデンからの移民が大半を占めていた、ミネソタ州は人種差別も少ないので一番適していると結論されたのです。

六月中旬にシアトルに移動しました。シアトルは反日感情が激しく、僕たち日系兵は外出さえ禁止されていました。まるで監禁状態のようだと文句を言って、プジェットサウン

カネオへ方面を望む
（ハワイ）

ドまでピクニックに行ってしまったことがありました。二週間後にやっとシアトルから輸送船に乗り込んで約一年ぶりにハワイへ帰りましたが、休暇を取る余裕もなくまた船上の人となったのです。

一カ月間、太平洋上を、行き先も告げられず日本軍の潜水艦の攻撃をかわすために、ジグザグ航海をしました。ある日ハンドブックが渡され、それにはレイテ島の地形、習慣、風習、歴史、言葉などが記載されてありました。マッカーサーの「アイ・シャール・リターン」を実現するため、レイテ島に上陸するというのです。

一九四四年の一〇月でした。上陸の際、眼に入った兵士の遺体に、戦争が現実であることを思い知らされました。また、白人の将校が、雨の降る早朝から雨具も身に付けずにうろうろしていたのを発見しましたが、すでに精神がおかしくなっていたのでした。

僕の仲間に、日本で教育を受けた期間が長いため英語より日本語の得意なイトウ・ヒロシがいました。この彼に日本の軍服を着せたなら日本兵にしか見えないと思われるくらいです。僕たちにはない日本人臭さがありました。彼は、同じアメリカ軍狙撃兵に狙われたことすらありました。僕たちはいつ敵の攻撃に襲われるか分からないという緊張を強いられる他に、味方の兵士からも身を護らなければなりませんでした。

ある時、日本軍の落下傘部隊が発見されたから、すぐ調べて報告せよと命令を受けたので、急いでジープで現地に向かいました。二〇人ほどの日本兵がすでに息絶えており、そばには日誌が残されていたので、情報源として翻訳し報告しました。

日本軍の爆撃機が、弾薬倉庫に爆弾投下したときなどは、一晩中爆発が続きとても怖い思いをしました。

僕の尋問第一号は、捕虜となったことを親戚、家族に絶対に知らせないようにして欲しいと言った日本兵でした。日本軍の場合、捕虜になったときの対処の仕方は教育されていないようでした。

その代わり日誌にとても丁寧に作戦が記してあったため、こちらとしては役立ちました。アメリカ軍には、日誌の義務はなかったのです。

四五年四月に沖縄の嘉手納へ着き、ガマ（ほら穴）に潜んでいた民間人の救出にあたりました。六月二五日頃、沖縄の戦いが終わり、みんな喜びました。広島に原子爆弾を投下したことを聞かされましたが、この爆弾がどのような破壊力があったのかは知るよしもありませんでした。

戦争が終わり、日本が分断されてしまうのだろうかと胸が痛みました。結局、占領国としてアメリカの統治下のもとに、民主化を推進するようになりました。

終戦を沖縄で迎え、少尉に昇進した時、韓国へと命令が出ました。インチョンから京城（けいじょう）にて米国四二軍団の司令部として使用する目的で、当時一番大きかった「半島ホテル」との交渉に出かけました。支配人の金さんは、僕を見て「日本人がなぜアメリカ軍の仕事を手伝っているのか理解できない」と言うので、僕が日系アメリカ軍人であることを説明するのに苦労しました。しかし、そのうちにアメリカ軍の同僚との仕事ぶりを見て、次第に納得してくれるようになりました。

その後のＧＨＱ時代は、全国の新聞を集めては社説の翻訳を担当する任務を二年間努め、退役しようとしましたが、まだ仕事があるということで退役できませんでした。ベトナム行きの通知があり、三カ月間の特別訓練をメリーランド州にあったフォート・ホラバードで受けて、一時ハワイに戻った後、再び極東の任務として、ベトナムのフーバイ基地へ行きました。

結果としてどれも無駄な戦争だったと思います。特にジョンソン大統領時代がひどかったです。一九六九年九月に僕は退役しました。

イオラニ宮殿

グラント・ヒラバヤシ

驚いたことにビルマのミトキナで、二十数人の、まだ二〇代前後の朝鮮人慰安婦を発見しました。

戦前、タコマのフォートルーズというところにアーミー・エアコープスがあり、私はそこで技術を学ぼうと志願入隊しました。でも、まもなくパールハーバー攻撃が起きてしまったのです。

両親が訪ねてくる約束をしていたあの日曜日が、日米開戦の日になってしまったのです。電話が遮断されていて通じないので、エアコープスの門の前で両親を待つことにしました。両親は来ましたが、私は門を出ることもできず、また両親が入ることもできないまま、手を振って別れるしかありませんでした。

次の日に、日系人の下士官全員が集合させられて、「君たちに渡す銃はない。ヘルメッ

グラント・ヒラバヤシ
（ロサンゼルス）

トもない。ガスマスクもここにはない。必要な時まで待つように」と冷たく言い放たれました。ガスの攻撃を受けた場合、どのように対処したらよいのか、と質問をしたところ、土に穴でも掘って顔を沈めよ、との答えでした。

ジェファーソンの兵舎に着くと同時に、白人兵たちの暴力から日系二世の志願兵を護る保護観察施設に入り、そこで四五日間生活した後、みな各部隊に配属されました。私の場合タイプライターができるということで、さらに六カ月残りました。

その後、カンサスの病院に配属になって勤め出してまもなく、MIS学校長のラスムスから「君の日本語経歴を知らせてくれ」との手紙を受け取りましたので、履歴書を送ったところ、即、命令を受けてミネソタのキャンプ・サベージに移りました。

半年間、語学の教育を受けて卒業。まもなく選抜された、私を含む一四人のMISメンバーが、サンフランシスコから出航することになりました。我々MIS以外は、コンバットチームの兵士たちでした。第一部隊と第二部隊は、密林地域への派遣であるために本土及びパナマ方面での訓練を受けた部隊でした。第三部隊はニューカレドニアとガダルカナル、そしてオーストラリアで戦った実戦経験のある兵士で構成されていました。

やがてニューカレドニアを通りオーストラリアからインドのボンベイに着き、一九四三年の末まで我々も彼らといっしょに密林での訓練を受けました。そして、昔ビルマロードと呼ばれた道が遮断されていたのを繋ぎ直し、中国への物資援助を行いました。それまでは道路が破壊されていたために、ヒマラヤを越えて空輸による物資輸送の手段しかなかったので限界がありました。

やがてビルマロードから、日本軍の飛行場があるミトキナへと向かいました。飛行場の占領が任務でしたが、ビルマの北部には日本軍の第一八久留米師団が厳としており、したがって我々の任務は、日本軍の後方へ回ってまず道路を遮断することで、正面からは米軍の訓練を受けた中国軍の兵士が立ち向かいました。三一時間に及んだこの戦いの中で、私たちは日本軍の電話線を発見し傍受したところ、弾薬庫の場所などの情報や久留米師団の進路進退について、あるいは彼らの食糧事情などを知ることができたのです。その貴重な情報により、米空軍による爆撃攻撃のターゲットを絞ることができました。

次の戦いはシャデュズプでした。第一部隊がカラームといって白組と赤組に特別に編成され、白のグループの方が夜、イラワジ川を渡って日本軍の後方を包囲し、早朝に不意打ちをかけました。日本軍は攻撃を全く予期していなかった様子で、すぐ後退を余儀なくされたようです。

第二部隊が、ナプンガという場所で一一日間も日本軍に包囲され、その進路を絶たれていました。そのため食糧も弾薬もすべて落下傘による輸送体制をとっていましたが、その物資の確保さえも危ぶまれてきた時、強行救出作戦を展開し解放したこともありました。

日本軍の捕虜尋問で翌日の攻撃を知り報告。最終的には二つの重要な任務であったビル

マロードとミトキナにあった日本軍の飛行場の占領を完遂したのです。

また驚いたことに、ミトキナで二十数人の、まだ二〇代の朝鮮人慰安婦を発見しました。我々ＭＩＳの三人で英国軍テントの中で尋問をしました。日本兵の写真を見せて、将校の名前などを確認したところ、丸山大佐など数人を認めました。慰安婦をまとめていたママと呼ばれていた人の着物の帯からは大量の軍票が出てきました。

壽

目的は、毛沢東率いる中国共産党の勢力などや、日本軍との戦争の実態を調査して報告することにありました。

私は、キャンプ・シェルビーのＭＩＳの語学学校で訓練を受けました。卒業して、インドの本部（ニューデリー）への派遣が決定しました。ミネソタを後にした私は、一九四四年二月、サンペドロから船で出航しました。

しかし、「トラベラーズ・オーダー」と呼ばれるその旅は、航路がはっきりと告げられないままの不安な旅でした。結局、船はオーストラリアのパース、スリランカ、カルカッタを経て、私の目的地、ニューデリーに到着したのは約一カ月半後のことでした。

しばらく本部で待機した後、私の派遣先が告げられました。中国軍の本部となっていた重慶でした。

ショー・ノムラ
（ロサンゼルス）

一九四四年の五月頃だったと記憶していますが、我々が重慶に着任してからしばらくの間は、本格的な情報収集などの仕事は与えられませんでした。七月になって、私たちMIS情報部から四人が選出されて、毛沢東の本部がある延安に着任しました。そこではスティールウェル将軍が、アメリカ国防総省（ペンタゴン）に報告するために、中国と日本軍の情報を収集していましたが、なかなか入手できずに困っていました。早速、各部隊から精鋭二〇名が集められ、観察部隊を結成しました。その目的は、毛沢東率いる中国共産党の勢力などや、日本軍との戦争の実態を調査して報告することにありました。

私も同行することになり、やがて毛沢東を始め、周恩来、そして野坂参三（中国ではオカノ・ススムと名乗る）、それに八路軍が捕まえた日本軍の捕虜たちと出会ったのもこの時期でした。食堂や講堂、学校や宿泊施設なども完備されていました。中国軍は、そこの施設を使って日本軍の捕虜たちに、共産党の思想教育などを行っていたことを記憶しています。

それから、時には英語も習いたいということになったので、私たちが教師になって二週間おきに英語の授業を持ちました。毛沢東は、英語が全然できませんでしたが、周恩来は、英語も堪能、その他にフランス語も少し話すことができたようでした。また、彼はどこで出会っても人々を和ませる雰囲気を持ち、傑出した理性を感じさせる人物でした。

調査結果は逐次ペンタゴンに報告されて、本国では毛沢東に対して援助の手を差しのべるか否かを判断していたようです。

日系米兵 15,987 名を刻んだ碑
（ロサンゼルス）

ミノル・ハラ夫人

夫（ミノル）は、もう亡くなりました。

アメリカ生まれのミノルは、小学校と中学校は日本で教育を受けたのですが、同級生からも校長先生からも嫌がらせを受けたそうです。担任の先生が、授業を終えてから自分の自宅に呼んでくれて国語をしっかりと教えてくれたと、生前よく聞かされました。

その教育が、ＧＨＱ時代に通訳官として勤める基礎になったと言っておりました。夫は、あの先生にはいつも感謝しておりました。

ミノル・ハラ夫人
（ニューヨーク）

ススム・トヨタ

ホーチミン軍の中には、日本に帰れない日本軍人がいる。彼らはベトナムの女性と結婚して、ベトナムに残ると決意していました。

一九三六年に高校を卒業。戦争勃発前の一九四一年の三月一一日に徴兵志願しました。場所はカリフォルニアのローズミードです。不景気な時代でした。父は農業をしていました。丸一日真っ黒になって収穫した、大きいバスケット一二個分のイチゴを、ブローカーに売った値段がたった五セントという時代でした。

父親は一九一五年に、熊本から送られた一枚の写真で結婚を決め、後に私の母となる人を呼び寄せたそうです。写真結婚といって、たった一枚の写真でしか見たことがない人と結婚式を挙げることは、当時はそう珍しいことではなかったようです。

私はキャンプ・サベージの語学学校で情報部としての訓練を受け、一九四三年六月に卒

ススム・トヨタ
（ロサンゼルス）

業しました。初任地はニューカレドニアで、数日滞在後、ソロモン諸島のブーゲンビルという、ラバウルの南に位置する島に着任しました。一九四三年一二月、米国陸軍第三七歩兵師団の情報部として、私たち日系二世六名が配属になりました。

三七師団の任務は、ブーゲンビルにあった米軍の二カ所の滑走路の防衛でした。

ある時、我が師団は大勢の日本兵と鉢合わせになったことがあります。敵は第六歩兵師団（九州宮崎四五連隊・鹿児島の二三連隊・熊本の一三連隊）の約四〇〇〇人。

何日間かの戦いの末に、我々の尋問室へ一人の日本兵が連れてこられました。彼は大怪我をしていて動ける状態ではないにもかかわらず、決して降参したとは言いませんでした。しかし、いかなる捕虜であっても負傷している場合は、衛生兵が怪我の処置を施す決まりがありましたし、隊よりタバコ、チョコレートなどやキャンディーや飲み物を差し出したりもしました。それでも、彼は不遜な態度を一向に改めません。

私は「あなたに今、いろいろと物資を渡した方の階級が分かりますか」と訊ねてみましたが、日本兵は首を横に振ったので、「米国陸軍大佐ですよ」と伝えましたら、急に驚いて、居住まいを正してしまいました。

日本軍の兵士は、捕虜になった時の対応の仕方を教育されていなかったようです。捕虜になることを恥じているようでした。それに対してアメリカ軍の場合では、捕虜にされた場合の教育が徹底されていました。一に認識番号、二に階級、三に名前を伝えることを指導されていました。しかし、それ以上に饒舌になってしまった兵士も中に入ると思います。それも無理はないでしょう。命には代えられませんから。それと、捕虜の扱いかたにも違いがあったでしょう。

何かのお祭り（記念日）の日に、日本軍は何らかのアクションを起こすことを学んで知っていました。ちなみにこの時期が二月末でしたので、三月一〇日の陸軍記念日には総攻撃を仕掛けてくるだろうと予測を立てていました。案の定、一九四四年三月一〇日、激しい戦闘がありました。特攻として自爆してまで攻撃してくる日本兵の行動を、米兵は全く理解できなかったといいます。その時はかなりの被害が出たように記憶しています。

その後、ジープのトレーラーに日本軍の地図や手帳などが山積みになって、我々の作戦本部に届けられました。日本軍の膨大な資料の中から、二三連隊の作戦地図を発見しました。私たちの使っている米軍の地図と同様のものでした。日本軍の攻撃時間帯は、だいたい夜の八時頃から始めるので予測が立てやすかったのです。そこで、必ず今夜攻撃があると確信していましたので、包囲することにしました。夜の七時四五分から朝の二時までの戦いでした。密林で一人の日本兵を捕えて尋問しましたが、戦いに負けて泣いていました。

ブーゲンビルのあと、第三七師団とともに、一九四五年一月一七日にフィリピンに上陸（ルソン島の西海岸マニラの北部二〇〇マイル）。それから、バギオやバレテそして、アパリの日本軍第一〇三師団とトゥゲガラオで衝突し、互いに戦闘を繰り返しました。

私たちに六人の日本兵の捕虜の尋問をするようにと、命令が下され、名前、部隊名、出身地と尋ねていきました。ちょうどその時、部隊長の大尉キャプテン・バックがやってきました。彼は日本へ派遣された宣教師の息子で、熊本生まれの白人でした。日本兵の捕虜の口から出身地が熊本と答えが出るや、バック大尉は、「熊本市のどこ？　何丁目？　公園？　ゆりかごで遊んでいた？　教会に白人の子供がいたことを覚えていますか？」と日本兵にたずねました。「はい。よく遊んだので覚えています」と答えが返ると、バック大尉は「その子供は私ですよ。お互い幼なじみですね」と言ったのです。偶然が生んだ心温まる光景でした。

この「キャプテン・バックのストーリー」を、師団本部で初めて会った『タイム』や『ライフ』のフォトグラファーであり、マッカーサーのレイテ島上陸の写真を撮ったカール・マイダンスに伝えたところ興味を持ちまして、『ライフ』誌上で掲載されることになったのです。

カール・マイダンスが一九四五年七月一日にアメリカへ一時戻るのでその前に会いました。彼は「君の両親がヒラリバー収容所にいるのなら、一日も早く出所できるように手助けしよう」と言い、すぐさまワシントンにいる日系人強制収容所の責任者であるディロン・マイヤー氏に、タイプライターを打ち始めました。

結果的に、両親たちは終戦と同時期に、難なく出所していたようでした。

一九四九年の一〇月に東京の連合国総司令部（GHQ）に、一九五五年に米国に戻るまで勤務しており、ATIS（連合軍翻訳通訳課）G2セクションでエドウィン・ピアス大佐のもとで通訳・翻訳・尋問の担当をしていました。このエドウィン大佐は、一九二五年に海軍少尉として日本の米国大使館に所属しており、日本語を学んだこともあって、日本海軍の豊田総参謀長とも友人でした。

私たちの尋問の仕事は、関東軍がソビエト（ハバロスク・マガダン）で受けた奴隷のような捕虜としての体験と、戦闘機などの武器と兵力、食料、それに原子爆弾の研究についてなどの情報を調べることにありました。

また、ベトナムで戦っていた日本軍の林大佐を尋問しました。ホーチミン軍の中には、日本に帰れない日本軍人がいる。彼らはベトナムの女性と結婚して、ベトナムに残ると決意していました。その中の一人が林さんでした。色々な状況を教えていただきました。ベトナムや朝鮮、そして中国の軍事、思想、経済についての情報を東京（GHQ）からのトップシークレットとしてトルーマン大統領に送りました。我々の任務はあくまで情報としての報告のみであり、ワシントンの判断は断固として護らなければなりませんでした。

一九五一年朝鮮の釜山に、中国人、北朝鮮人の捕虜収容所がありましたので、東京から我々二世の情報部員三〇名が向かいました。南朝鮮軍の通訳官と一緒に、日本語と朝鮮語、そして中国語の三カ国語を使っての尋問でしたので、大変時間がかかりました。七月頃にはＧＨＱに戻りました。

その時には、マッカーサーは退官しておりましたが、第二代目として、リッジウェイ元帥が赴任しておりました。私たちの仕事は、ＧＨＱから宮内庁への連絡係でした。具体的には、会議やパーティーのための準備手続き。時には、元帥が昭和天皇を訪ねる前の連絡が主な仕事でした。天皇陛下の通訳には、吉田首相の松井秘書官が務めていました。

重光（しげみつ）外務大臣が誕生した時期のこと、一九五五年に米国に我々が帰国する前にひと仕事がありました。日本の航空自衛隊のために米国から、Ｔ３３練習機とＦ８６戦闘機のパーツを、日本の三菱重工業まで送る手続きでした。お互いに協議した一〇項目の内たった一つだけ意見の食い違いが出ました。どちらの国の船を使うかという問題でした。ペンタゴンからの連絡では、日本の船を使って運び米国で輸送代を支払うという内容でした。テーラ大将と、重光外務大臣、一万田（いちまだ）大蔵大臣との輸送代についての話し合いになりました。日本側としては、全て米国の援助に頼るつもりでいたようでした。沈黙の末、重光外務大臣が米国の条件をのみました。

その後、私は米国に戻りました。ペンタゴンに二年。そして、高等情報部の教育を受けました。その時にＣＩＡに推薦され、一九七六年までＣＩＡに勤務しました。

ヘンリー・クワバラ

日米開戦へ突入して、日系人はカリフォルニアからの撤去命令が下り、収容所へと送り込まれていきました。

ＭＩＳには合計六〇〇〇人ほどの人がいますが、戦争中に語学学校を卒業できた人が半分で、戦後に卒業したのが半分という具合です。

最初にＭＩＳの語学学校が開校したのは、パールハーバーの攻撃（日米開戦）が起こる少し前の一九四一年一一月、サンフランシスコのプリシディオという軍の基地の中でのことだったと聞いています。ということは、日米開戦を回避できないだろうと予測していたことの証左であろうかと思います。

そこでは現役の白人の情報語学将校も二〜三人、アメリカ大使館付で軍事顧問として入っていました。主として彼らは日本語の勉強が目的で、一年半から三年間の滞在予定で

ヘンリー・クワバラ
（ロサンゼルス）

したが、四年間もいた人もあったと聞きました。彼らは、軍事関係の情報を収集するという仕事もしていました。

初代学長にはラスムスという、日本にいた経験を持つ情報将校が就きました。そのような経緯で、白人を指導者として語学学校の第一期を開校したのです。

日米開戦へ突入して、日系人はカリフォルニアからの撤去命令が下り、収容所へと送り込まれて行きました。ロサンゼルスから北へ一六〇キロの場所、トゥーラリーに、アッセンブリーセンターという一時預かりの施設がありますが、その頃の私は五カ月間、その施設に入れられていました。八月頃になると、多数の志願兵が集められアリゾナのキャンプ、ヒラリバーに移送になりました。

そんな時、MISの学校から軍志願者募集のキャンペーンチームがやってきました。日本語ができる者一〇〇人ほどが志願しましたが、私を含め二三名のみが合格し、直ちに私服のままでミネソタにあるキャンプ・サベージに向かうこととなりました。

サベージに着くと早速、日本語の能力別にひとクラス一五名ずつに分けるためのテストが実施され、No.1からNo.25クラスまでに分けられました。No.1からNo.4までは上級クラスで、ほとんどが帰米二世で日本で教育を受けた経験を持ち、ほぼ完璧な日本語を話しました。私はNo.17クラスで、英語の方が達者で日本語が満足ではないタイプの者たちのクラスでした。

一日のスケジュールは、五時半起床、体操、洗顔、宿舎の掃除、朝食など、八時まで全て済ませてやっと授業に入るというものでした。八時から三時半まで日本語の勉強。相磯(Aiso)氏という人が日本語部の学部長でした。三時半から四時半まで一般教養と軍事教育、そして夕食、七時にはまた教室に集合し、九時まで明日のための予習をするというように、容赦のないものでした。教室の電気は一一時まで点いているので、希望者は教室に残ってさらに勉強していました。消灯になってからも勉強が足りない人は、二四時間点灯のトイレで勉強をしていました。卒業まで六カ月と決められていましたので、とにかくみな必死でした。一九四二年一二月に第二期生として入学した私は、翌年の一九四三年六月一五日に卒業しました。

実戦では、初めインドのニューデリー、六カ月後にはビルマへ派遣されました。日本軍の捕虜の尋問や没収した資料の翻訳が主な任務でした。

思わず「バカモノ、目の前にいる同級生を忘れたのか」と怒鳴っていました。

タケジロー・ヒガ

一九二三年にハワイ・ワイパフで生まれました。五歳の時に父の故郷である沖縄に一時帰国しましたが、祖母、母、父と相次いで亡くなって一三歳で孤児になってしまいました。結局、その後八年間、伯父の家に住まわせてもらいましたが二一歳でハワイに戻りました。

パールハーバー後は、米国市民の義務として志願しました。ミネソタにあるキャンプ・サベージで朝から晩までの長い時間を、日本軍の軍事用語の習得に費やしました。私は日本での生活が長かったせいで、逆に英語もマスターしなければならなかったので、みながが就寝してからも唯一灯りのあるトイレの中で勉強しました。

通訳部門でマッカーサー直結の組織で働き、一九四四年の一〇月にレイテ島に上陸。次

タケジロー・ヒガ
（ハワイ）

は沖縄上陸作戦でした。私の故郷だということで、司令部より沖縄の空撮写真を見せられました。「あっ！　普天間から四キロのところだ」、私は我が目を疑いました。この作戦は私の育ったところが戦場になってしまうのか、と胸が詰まり複雑な想いでいっぱいになりました。

上官の命令で、ガマ（ほら穴）に避難している日本人を救出せよとのことでした。人口が二〇〇人から三〇〇人くらいの地域でしたが避難民で一五〇〇人あまりにふくれあがっていました。このガマに避難していた人々の中には、戦前にハワイに移住していた者がいたため、アメリカ軍の米語での呼びかけに応じて助かった者が多かったのですが、ハワイからの帰国者がいない場合は、日本語はおろか沖縄方言しか知らない人々もいたのです。戦時中は沖縄の方言が禁じられ、方言を使うと軍部に反抗したとばかりに味方であるはずの日本兵に殺されたりもしたそうです。ひどい話です。ガマの中の人々は懐疑的になっていてどんな呼び掛けにも応じようとはしませんでした。そこで私は持ち前の沖縄方言でガマに向かって大きな声で何度も呼びかけましたら、安心したのかぞろぞろと出てきたのです。

ある時、人の気配を感じるガマを見つけました。私は兵士かと思い銃を向けてみたら、中には子供と老婆が隠れていたのです。すんでのところで発砲するところでした。

戦争であったにもかかわらず私は一発も撃たずにすみました。幸運だったと思います。

しかし私たち二世の言うことをもっと信じてくれたなら、集団自決などしなくてもよかったはずなんです。それが残念です。私たち二世兵は両国のために最善を尽くしたつもりです。

また、とても驚いたことがありました。ある日、上官から「捕虜となった日本兵に終戦のことを伝えよ」という命令で、会いに行きました。二人の兵士に水とチョコレートを差し出したが食べようとしません。毒でも入っているのかとの猜疑心からなのでしょう。

しかし、実は私はその二人をよく知っていたのです。彼らは沖縄で暮らしていた小学校時代の同級生たちなのでした。でも二人は恐怖におののくばかりで私が誰であるか全く気付く余裕がありません。私はわざと偉そうに、「私はお前たちのことは全て知り尽くしているのだ、中村先生を知っているだろう」とか、幼なじみならではのエピソードなどを伝えてみると、やっと驚き始めました。次に「お前たちの同級生でヒガ・タケジローという者がいたはずだが、どうしているか」と聞くと、「確かにその人は知っているが、ハワイに帰ったので分かりません」との答えです。私は次の瞬間、思わず「バカモノ、目の前にいる同級生を忘れたのか」と怒鳴っていました。そして三人で言葉もなく、ただ、抱き合って泣きました。もう一度、中村先生やあの時の仲間に会いたいと思います。

ガマ
（沖縄）

旧日本軍司令室地下壕
（沖縄）

ピーター・ナカハラ

戦争で何を学んだかと問われれば、「裕福であることより人間的でなければならない」ということですね。これは、様々な国が学んだ教訓だと思うのですが、残念ながら世界ではまだ戦争が存在する。

マレー・シンガポール作戦担当司令官の山下奉文（やましたともゆき）大将は本当に聡明な人だったと思います。ここに山下大将に関する本があります。私の教授（スタンフォード大学のフランクリール教授）がインタビューして書いたものです。山下は戦犯として扱われた。しかし、実は彼は犯罪なんか犯しちゃいない。西太平洋での陣頭指揮にあたっただけなのだと。彼は人間味に溢れた人柄だったらしいです。

山下大将の裁判は非常に不公正なものだったようです。私に裁判の通訳の依頼が来ましたが、所属する第六師団が日本に向かうのに同行しなければならないので、残念だけど断

ピーター・ナカハラ
（サンノゼ）

らなければなりませんでした。

原爆の被害者に東京で会いましたが、ひどい傷を負っていました。結局、私は戦犯の裁判の通訳のため四年ほど日本におり、一九四九年にアメリカに帰りました。

帰国してから、全米日系人協会に私が見た広島の話をしました。どんなにひどかったかってことを。彼らはそれを実際に見たいと言いました。僕は彼らと一緒にアメリカ人医師二人を連れて、原爆の被害者を診察させるために日本に戻りました。医師たちは、日本には原爆についての十分な医療施設や経験を積んだ医師がいないと判断していたのです。

アメリカに戻るとすぐ私たちだけで、原爆の被害者を診察させるために募金を始めました。手術と治療が、おそらくは二年間に渡って必要ではないかと推測される被爆者の女性がいたので、私たちはその女性を自宅で療養させてくれる家庭がアメリカにないかを探しました。でも難しい状況だと思いました。二年間もかかわってあげなければならないし、日本は敵国だったわけですしね。しかし驚いたことに、この女性を自宅で預かっても良いという家庭がたくさん名乗り出てくれました。治療が十分にできるまで居てもいいよと。女性は二年間、アメリカ人の、ある家庭に保護してもらうようになったけれど、治療が進むにつれてその家の掃除をしたり、家庭の仕事を手伝うようになっていきました。原子爆弾の被害者だったけど、この家庭との交流は素晴らしかったです。

裁判で有罪に決定された場合、軍人には銃殺刑が名誉な死に方だと私は思っていますが、

NYK
BUILDING
ATIS

やはり東京裁判でも絞首刑がありました。マッカーサーは、山下大将を絞首刑にしました。マッカーサーはフィリピン・コレヒドール島の戦いにおいて本間中将率いる日本軍に追われたことがあり、その後の責任者になった山下をも恨んでしまったのでしょう。

東京と横浜で、私が担当した戦犯はA級とB級合わせて一二人いました。時には裁判をモニタリングする役目をしていました。法廷通訳が何か間違いをしていないか、言葉のミスがないかを見る役目です。証人の言うことを取り違えていたりしたら、それを訂正するんです。ある日、被告が私を大きな声で呼びます。「君の父親はナカハラセイイチじゃないか」と聞くんです。「岩手県出身だろう?」と日本語でね。事情を聞くと、彼は岩手県出身で私の父親を知っていたんです。奇遇なこともあるものです。

私の母親の方は、福島出身で津田塾大学で英語を教えていました。

戦争勃発当時、アメリカ政府は最初のうちは日系アメリカ人を軍隊に採ろうとはしませんでした。ある日、私は州政府や大統領に手紙を書き送りました。「日系二世は、アメリカ政府に忠誠を示したい。国のために死ぬのも厭わない。だからアメリカ海軍や陸軍に入れて欲しい」と、三度も書いたんです。返事なんてもらえるとは思っていなかったけれど、ちゃんとサインが入った手紙が返って来ましてね。「君たちの忠誠を嬉しく思う。日系アメリカ人の気持ちを理解した。今すぐには君たちを海外派兵することができないのは残念だが、それは君たちが海外で敵国の兵士と間違えられる可能性があるためだ。だがヨーロッパであれば日本兵がいないから、いずれ派兵できるだろう」と。嬉しかったです。父母たちの名誉を回復させる機会を与えられるかと思うとね。

父は日本のスパイと間違われ、州政府の独房に入れられたことがありました。父の友人にノムラという要人がいて懇意にしていたようで、サンフランシスコに着くたびに電話をくれ、父はその男を迎えに行っていました。ある日、彼は急用ができたのか予定を変更してワシントンDCに行かなければならなくなったことがあり、それを伝えようと電報を打ってきました。一緒に「秋刀魚（さんま）」を食べたかった、というような洒落のきいた内容でしたが、FBIは、受け取った父をスパイだと勘違いして、取り調べを行いました。ノムラが送った電文のサンマという文字にカギかっこがつけられていたために、この言葉に何かしら特別な意味があるのではないかと勘ぐったのです。ほどなく父は、私たちが生活をしていたサンペドロのすぐ近くの独房へ。それからFBIがどんなに詰問しても、父が何かを答えられるわけがない。だってスパイなんかじゃないんですから。でも、彼らは執拗に父を責め続けた。そして、ついに父が死にそうになっているのを悟ると、やっと釈放を決めたのです。独房の中でなんか死なれては困るからね、彼らとしても。

父が独房にいるとき、私は父を訪ねたことがありました。すでに入隊してアメリカ軍の制服を着ている私を見て、父は日本語ではっきりと、「お前は私の息子ではない!! お前は私を尋問するためにきた」と言い放ったのです。私は息子だと、一生懸命説明したのですが、父は頑として信じようとしなかった。すでに信じるだけの精神状態ではなかったのです。それで私はやむなくその場を離れざるをえませんでした。それから父は釈放された翌日亡くなってしまいました。医者が検死をしたのだけれど、特に傷などはなかったようです。しかし彼らは私たち家族に、父がどのようにして死ぬに至ったかを口外するなと口止めしました。

私は、誰が私のことを敵と思っていようと、国に奉仕しなければという気持ちに揺らぎはなかったです。私は、自分がアメリカ市民であると感じていたし、そうであるからには志願して戦争に行くのは当然の義務であると感じていました。軍の面接では、父についても聞かれました。「お前の父親はアメリカに忠誠を誓えるか」と。私は、「NO」と答え、「父は日本人であり、アメリカに移民して来ても、ついにアメリカ市民として認められることはなかった。だから父の忠誠が日本に向いていても当然だと思う」と。「しかし、私は違う。私はアメリカに育ててもらい、その恩を返していかなければならない。アメリカのために死ぬことも厭わないと思っている」と続けました。その言葉によって、私が軍役に耐えられる程度の市民ではある、と評価されたのでしょう。

入隊した後に私は電車に乗って、駅からヒッチハイクをして家族がいる収容所を訪ねたことがあります。街を歩いていたら、白人女性が通りすがりに唾(つば)を吐きかけてきてね。「汚いジャップ！」と言って。それからさらに歩くと、ヒッチハイクに応じてくれた車があった。しかしそれがいかにも悪そうな若者で、乗せてもらったのはいいがハラハラしどおしだったね。どうなることかと思ったけど、そのときはなんとか無事に着いたんです。日系人であることが日常的に差別感としてつきまとっていましたね。

私が法廷通訳の任務に就いていたとき、専門用語の修得のため自分用の辞書を作ったりもしました。毎日、法廷で使われる用語をチェックしてその辞書に書き込んでました。辛かったのは、元日本兵の彼らに死刑の判決を伝えなければならなかったときです。私が法廷を出ようとすると、被告の妻に非難されたことがあった。私はただの通訳者であり、判決を下した本人ではないのだけど、気持ちは痛いほど分かりました。日本兵の彼らだって同じように国家に忠誠を尽くしただけなのにと思うと、いたたまれなくなります。

一人、気持ちの通じ合う日本人がいて、もちろん法廷ではそんな素振りは見せられないんですが、彼のいる独房に訪ねたものです。ある日、彼が日本の硬貨をくれました。一八〇〇年代の貴重なものでしたが、彼は私に受けとって欲しいと言いましてね。コインは彼が持っていた唯一のものだったのですが。一二年間独房にいて、その後どうなったのかは正直なところ分からない。

オーストラリア軍が、日本兵にマシンガンを向けて撃ったときのことは脳裏に焼き付いて離れません。その時、多くの日本兵は砂浜を這ってきていた。それをオーストラリア兵が無差別に撃ったわけだから多くの死傷者が出て、その遺体を埋める作業に私は立ち会ったのです。彼らは深く穴を掘り、そこに遺体を次々と放り込んでいった。中には、ただ怪我をしているだけでまだ息があると思われる兵士もいたのに。部隊には衛生兵が少ないし、怪我をした兵士の面倒をみる余裕などなかったのが理由だと思いますがね。私が助けようとしたのに、強く引きとめられてそれができなかったのです。ひどいことです。戦後も私はしばらくの間、こうした情景を夢に見てうなされました。約六〇年経てもなお、私の心に残る残酷な傷跡です。

アメリカの人々は、日系二世が戦争でアメリカのために戦った事実を知らないようです。学校教育でもあまり取り上げてないんでしょうか、私の子供でさえ収容所のことを詳しく知らないのが現状です。私は説明しようとしたんですが興味もない様子で、やがてこっちも挫けてしまって。ただ、アメリカの歴史そのものは学んで欲しいと思う。

私たちは、アメリカが白人以外のアメリカ人に対して、もっと寛容で理解があってもよいと思う。アメリカ憲法を本当に信奉するのであれば、すべての人間を平等に扱われなければならない。しかし、いまだにすべての人々が平等だとは考えられない。非常に悲しいことです。

戦争で何を学んだかと問われれば、「裕福であることより人間的でなければならない」ということですね。これは、様々な国が学んだ教訓だと思うのですが、残念ながら世界ではまだ戦争が存在する。いったい彼らが何を求めて戦っているのか。国と国の論争に決着をつける方法は、他にもあるでしょう。悲しいかな、今の世界の現状を見るにつけ、いったい我々は何を学び教訓となり得たのかと、寒々しい気持ちになるんです。

敗戦国の戦犯に手を貸す必要などない、というその場の空気が痛いほど溢れていました。演出が得意なマッカーサーが用意した大舞台だったのかもしれません。

ノボル・ヨシムラ

私は一九二〇年、カリフォルニアのサクラメント近郊で、移民した日本人の両親のもとに生まれました。高校卒業後に、日本軍の真珠湾（パールハーバー）攻撃があったのです。私は、やがて米国陸軍情報語学学校（ＭＩＳ）に入校することとなり、その後は連合軍総司令部（ＧＨＱ）所属の情報部語学兵として、オーストラリアのブリスベン第一騎兵師団に配属になりました。

ニューギニアやマニラでの日本軍発信の無線傍受や情報収集、そして捕虜となった日本兵への尋問などが主な任務でした。

ノボル・ヨシムラ
（サンフランシスコ）

一九四五年八月一五日の、アメリカと日本の戦いにとうとう終止符が打たれた日から、二週間ほども過ぎた九月二日。私は日本国が、アメリカに正式に降伏を表明するための調印式に立ち会うという任務を与えられ、トルーマン大統領の出身州と同じ名前の戦艦ミズーリ号艦上での全面降伏調印式の場におりました。

艦には、ペリー提督が黒船で日本に来航した際に飾られたという星条旗と、真珠湾攻撃の日、ワシントンに掲げてあった星条旗とがはためいていました。

艦上は連合国の代表や随行の人たちで、あふれんばかりで、すでに連合国側が着席しており、日本側代表の到着を待ち構えているという状況。やがて横浜港からボートでミズーリ号に到着したのは、日本側の全権大使の重光葵（まもる）外務大臣と梅津美治郎（うめづよしじろう）参謀総長の二人。重光外務大臣は戦地で右足を失っていました。

みんなが固唾（かたず）をのむ中、重光大臣は杖を自由に使えないほど狭いミズーリ号のステップを、一段一段コツンコツンという音を響かせながら登って来ました。手を差し伸べる者は誰一人としていません。やがてその不自由な姿は艦上へとゆっくり現れたのでした。

敗戦国日本のイメージを強く世界に印象づけるのには充分だったと思います。敗戦国の戦犯に手を貸す必要などない、というその場の空気が痛いほど溢れていました。演出が得意なマッカーサーが用意した大舞台だったのかもしれません。私は、同じ日本人の血が流れる者として、そして同じ人間としていたたまれない気持ちでした。この光景は胸中深く突き刺さり、生涯消えることはないでしょう。

ミズーリ号艦上
（ハワイ）

マッカーサー元帥は、日本の将来をすべて握っていたと言っても過言ではありませんでした。

カン・タガミ

両親と兄弟は、ボストン収容所に入っていました。私は志願して、ミネソタにあるキャンプ・サベージで、日本人への尋問の通訳の仕事に就くため、勉強をさせられていました。かなり詳しい日本軍の文書を、ペンタゴンはすでに入手していましたので、その翻訳を通して独特の日本軍人の言い回しを学びました。

テキサス第一二四騎兵連隊と同行し、日本軍の捕虜を尋問。その時「捕虜になってまで生きているのは、日本人として恥なのですぐに殺してくれ！」と全員が言うのです。

私は「もう戦争は終わったし、国に帰れば妻や子供も待っていることなのだから、命は大切にしてください。戦争で亡くなった仲間のためにも無駄死にはよくないのではありま

カン・タガミ
（ハワイ）

せんか」と説得していました。

その後、ビルマ戦線を経てからワシントンDCにあるペンタゴンに戻されました。一九四六年になると、占領下の日本へGHQの通訳として、マッカーサー総司令部へ赴任しました。

マッカーサーは、日本の将来をすべて握っていたと言っても過言ではありませんでした。正義に燃え、日本人に対して友好的であったと記憶しています。特に昭和天皇に対して非常に好意的でした。

私の仕事は、主にマッカーサーのメッセージを伝えることでしたが、ある時、天皇に対してアメリカの放送関係の連中が、陛下の私生活を写真に撮らせろと圧力をかけていました。陛下は非常に困惑している旨を将軍に伝えました。早速「陛下にも個人的生活がある。プライバシーは守られるので、見せたくなかったらNOと言って構いません」との将軍からのアドバイスを伝えますと、陛下は丁寧に「有り難うございました。よく分かりました」と答えていました。

陛下は私に、「タガミ中尉は日本人ですか」と尋ねられましたので、「そうです。両親は広島出身です」。と答えますと「わたくしは日系の人々に感謝しております。どうか日米の橋となって今後もよろしく頼みます」と言われました。陛下のおおらかで、隠すところがない人柄をマッカーサーは好んでいたようでした。

時に「戦争の責任をとりたいのですが……」との陛下の申し出に「それには及びません」と、マッカーサーは答えておりました。

GHQ 時代

イワオ・ヨコオオジ

日本の新聞に掲載されている進駐軍への批判記事などについて、マッカーサーより、事実確認をせよとの命令が下りました。

四四二連隊から補充兵の要請が出されていました。私は、第一大隊として一年間、補充兵の訓練担当士官を務めていました。その間どんどん仲間たちが、ヨーロッパの戦場に出兵していきました。

あまりに激しい戦闘であり、日系四四二部隊の兵士に死傷者が続出していたため、一〇〇大隊と四四二部隊が合流、四四二連隊とすることとなりました。この一〇〇大隊は日系二世兵としていち早くヨーロッパに参戦していたため、二世部隊の兄貴分として尊敬されていました。私はこのままずっとキャンプ・シェルビーで補充兵の訓練担当士官をしていたら、戦争が終結してしまうと思うと残念でした。

イワオ・ヨコオオジ
（ハワイ）

その頃、ＭＩＳの隊員を募集していたのですが、四四二の兵士として戦場に行くとの決意に変わりはない気持ちを直接、司令官宛の手紙に託しました。まもなくすると、ワシントンＤＣから転勤命令が届きました。しかし、その命令はヨーロッパへ向かう兵士としてではなく、アラバマ州ミネアポリスにあるフォート・スネリングでＭＩＳとして六カ月間の訓練教育を受けることでした。最高のクラスを卒業したのですが、まもなく終戦となりました。

戦後、ＧＨＱにてＡＴＩＳ（連合軍翻訳通訳課）の責任者を命ぜられました。一階にあった衛生福祉部（Public Health and Welfare）にて通訳としての任務に就きました。

この部署には、僕ら日系二世と日本人の担当者が何人かいたと思います。日本全国の衛生福祉に関する仕事が担当でした。僕は報告されてきた調査書類を再確認するのが役目でした。

日本の新聞に掲載されている進駐軍への批判記事などについて、マッカーサーより、事実確認をせよとの命令が下りました。例えば、復員船で元日本兵を殺害しているとの記事があったので、その現場となっていた浦賀港へと、調査に出向いたことがあります。問題の復員船の甲板には、ライオンなど動物が入るような檻がありました。その檻の中には、復員兵が重傷のまま横たわっていたのを見つけました。一瞬、新聞記事は本当なのかと衝撃が走りましたが、この復員兵は重い伝染病にかかっていたために、船内では、せめて少

スコフィールド基地。第 100 大隊結成の地

しでも伝染を避けるための処置としてこうせざるをえなかったようです。早速、東大医学部に調査依頼し、結果はコレラであると判明したことを調査結果として報告したのです。

朝鮮戦争が勃発した時には、オアフ島にあるスコフィールド基地で一時、朝鮮半島情勢などの教育と軍の基礎訓練を受けました。朝鮮半島では第二歩兵部隊の情報将校として、情報収集活動を展開しました。

一九五五年の平和条約により、米軍基地外のトラブルについては日本側の裁判による判決を受けることになりました。その後、山形のキャンプ神町や、仙台のキャンプ苦竹（シュメルフェニング）などの師団司令部に勤務。軍のブルドーザーを使って地元の学校のグランドを整備したりとか、地域復興のために協力したことを憶えています。

日系人の庭

レイモンド・アカ

戦災によって焦土化してしまった日本の土を踏んだときに、私は日米のための架け橋になろうと肝に銘じたのです。

小学校三年から沖縄県立第一中学校（現・首里高校）卒業まで沖縄に滞在していました。一九三五年にハワイに戻り、マッキンリー・ハイスクールを卒業後、ハワイ大学で医者になるための勉強をしていました。日米開戦の二カ月前の一九四一年一〇月には、すでに米国陸軍の軍人として志願していました。父は日本人学校の教師でしたので、医者や僧侶など日系社会のリーダー的立場の人たちと共に、真珠湾攻撃後、いち早く強制収容所へと護送されたのです。

一九四六年九月二四日、敗戦国となった日本に、連合軍の進駐下で将来に対しての不安が国中にみなぎっていた時期に、横浜港に着きました。港に接岸しているすべての船が、

レイモンド・アカ
（サンフランシスコ）

アメリカ軍用船で占められていたのです。富士の霊山が、はっきりと見えていました。その時「国破れて山河あり」と言う言葉を思い出したのです。そして、戦災によって焦土化してしまった日本の土を踏んだときに、私は日米のための架け橋になろうと肝に銘じたのです。

連合国総司令部（GHQ）民生部の在日米軍援助顧問団など、要人担当主席通訳官として、四十余年間努めたことになります。日米防衛関係での「縁の下の力持ち」的存在として多大な評価をいただき、一九八六年一一月三日には、防衛庁関係では初めての外国人として、勲三等旭日中綬章をお受け致しました。

僕は、GHQ民生局長ホイットニー少将のもとで、新生日本の民主化のために、憲法改正、警察法改革、財閥解体、公職追放、選挙管理委員会などの関係者の通訳や、各法律案文書翻訳などの仕事を手がけました。

GHQの見解は、日本の内務省はオールマイティーであり、すべての部所に権力を持ちすぎていることを懸念しておりました。それは、警察署長や特高、そして知事の任命に至り、選挙の範疇までの広い範囲を独占していたからです。あまりに巨大権力を持つ内務省に対して疑問視するに至り、ついには解体することになったのです。

その当時の内務大臣が、木村小左衛門（こざえもん）。また、解体時の内務省地方局長が、元島根県知事だった林敬三（けいぞう）さんでした。

一九五〇年五月の朝鮮事変勃発にともない、連合国総司令部付きの第八軍が朝鮮半島に動員されたことにより、日本国内における治安維持が問題視され、日本再軍備を懸念していたわけです。問題解決のため、ダレス特使が来日していた時期でした。七月にはマッカサー元帥から吉田茂首相宛に書簡が届き、戦後一切の軍備を拒否されていた敗戦国日本に、旧軍人の公職追放が解除され出した時期で、実際には参謀部が関与していましたが、民政局からは僕が出向という形で、警察予備隊創設に間接的にかかわっていました。

そして、ついに一九五〇年七月八日に、自衛隊の前身である警察予備隊が創設されるに至りました。警察予備隊から保安隊へ。やがては自衛隊となるわけなんです。

その自衛隊制服組トップの初代統合幕僚会議議長に抜擢されたのが、内務省解体後に宮内庁次長の職にあった林敬三さんでした。軍歴のない民間人からの起用でした。この林敬三統合幕僚会議議長の部下に、元オランダ大使だった伊関佑二郎(いせきゆうじろう)さんが勤めていました。一九五一年九月八日には、サンフランシスコ講和条約が成立して、GHQが解体されることになったのです。警察予備隊ができた頃のこととして、日本の士官学校出身者とか、将校連中ら多数、公職から追放されていた時期だったので、旧軍人をそのまま予備隊へというわけにはいかない状況下だったために、管区長か元内務省出身者が、後に警察の要職に就くことになっていったのです。

その後に旧軍人の公職追放解除があった。確か三九人ほどではなかったかと思います。

その人たちが段々と制服組の偉い地位に就くようになっていきました。杉田一次さん、細田照元さんたちがそうでした。また、吉田茂首相の軍事アドバイザーは、元ロンドン大使時代に武官だった辰巳栄一さんが就任しました。この二人については、ロンドン時代に、吉田茂大使と辰巳栄一中将だった旧知の関係があったからなのでしょう。だから警察予備隊の参謀役として務めていたわけです。

こうして一九五〇年に警察予備隊が結成されたのですが、あのマッカーサー元帥の手紙を吉田茂さんに届けた方が、元韓国やチェコスロバキアの木村大使でした。余談になりますが、僕はよく総理府に出向いては、岡崎勝男大臣らと意見交換をしたものですが、固い場所をたまには離れて、両国の友好関係を深める意味でゴルフにお誘いしたものです。当時のゴルフコースは、ＧＨＱに接収されておりましたので、関係者以外は立ち入りは難しいものがありましたが、東京クラブ、霞ヶ関、小金井、それから千葉にも出かけて、一緒にプレーした思い出が残っています。

東京都知事をされた鈴木俊一さんが、地方局行政課長時代に、よくＧＨＱにいらしていました。行政課は、地方自治制度や衆議院議員及び参議院議員選挙制度、また地方公務員制度などを所管していたところで、各関係法律の立案にあたっては、民政局の承認を受けなければならない仕組みになっていたのです。

この日、鈴木さんは地方行政担当官であったティルトン少佐と初めて会うことになっていました。ティルトン少佐については、非常に厳しい、鷹のような鋭い眼を持ったこわい顔をしている軍人と、もっぱらの評判の人でした。そのティルトン少佐が、初対面の鈴木さんに向かって、開口一番に切り出した言葉は、戦時中の一九四二年二月九日のシンガポールで、日本軍の山下奉文司令官が、英国軍パーシル総司令官に降伏を迫った有名なセリフ〝I want this answer Yes or No.〟を引用して、答えはイエスかノーとの選択を問うものでした。

ところが占領軍である連合国側の英語圏文化と、敗戦国の日本語文化における交渉方法には違いがあり、単純にイエスとかノーと答えられるものではありませんでした。したがって、鈴木さんは丁寧に説明を始めるわけですが、即座に話を中断させられてしまうのです。なんだか二世の僕自身が、いじめられているような感覚になったものですから、この交渉の間を縫って、日米のニュアンスの違いをできるだけお伝えしたものです。

だが、民政局の人たちが必ずしも、これらの諸問題や制度、環境などに精通していた経験や知識を備えているとはいい難く、彼らから理解と承認を得るのにはずいぶん苦労しました。竹前栄治(たけまええいじ)さんという人が、鈴木さんをインタビューして本にまとめていますが、その中でも、よくティルトン少佐にいじめられたと述べていたようです。時折、民政局で検察側と接触して、昭和電工事件などを担当していた、松方と名乗る情報通の日系人にもからかわれていたようでした。

からかうと言えば僕もよく自己紹介の時に、「名前はアホウのアにバカのカと書いてアカ（赤）といいます」と茶化したりして、「共産党ではないです」と冗談を加えては笑わせていましたが、これを本当だと信じる人が結構おりまして、後になって怒られたことがありました。（日本字では阿嘉）

ＭＩＳの教官時代に、教室で女性の生徒が、手を挙げて質問。〃Do you know how old べンジヨ？……〃「便所は何歳でしょうか？」。私は、知らないと答えると、「始終臭い（四九歳）」と言うではないですか。僕は叱らないで、「ずいぶん勇気があるねぇ……」と言ってみんなで笑いました。イソナガというハワイ出身の女性（ＭＩＳ）で占領時代には民政局にいました。

戦後間もない一九四六年から八九年までの、実に四三年間に及んだ日本滞在となりました。当時の顧問団には、軽飛行機やC47飛行機を利用して、北海道から沖縄まで日本全国の米軍施設と自衛隊との連絡会議などの通訳で、出張に出かけたものです。その時には民生部が警察予備隊の訓練を指導するということになっていて、当初は防衛大学にも一部軍事援助関係事務所が存在していました。防衛大学ができるときは、やはり米国陸軍大学の例にならったと思います。各警察予備隊に顧問団から一〇〇〇人ほどは、配属されていたと思います。やがて在日米軍援助顧問団が縮小されて、現在は在日米相互防衛援助事務所となって、大使館内に日本人と米国人一五人ほどのスタッフによる、民間と文官の構成になっているはずです。

時代は戦後六〇年を目前にしています。日米相互防衛援助協定がありますが、その協定通りに実施されているかというと、いい難いものを感じてしまいます。

菊の御紋が飾られている

ハリー・アクネ

僕ら日系人は白人でも日本人でもないから、フィリピン人たちは僕に愚痴を言いやすいらしく、また白人たちもフィリピン人に言わずに僕らに言う。そして日本兵も僕に言ってくるという、よろず相談所のような状況でした。

一九二〇年五月二〇日に、カリフォルニア州のターラックで生まれました。一一人家族の長男として育ちました。兄弟は五人で、姉妹四人の計九人の子供たちという大家族構成でした。

父は日露戦争後の一九〇六年、鹿児島からの移民です。一九一八年には母が写真結婚のため移民しました。あの時代は日本人への排斥運動が強く、自分の名前で土地を買うことができなかったために、土地をなんとか借りてはメロンを栽培していた頃でした。父の手

ハリー・アクネ
（ロサンゼルス）

間をかけて育てたメロンはとても立派で上質なものでした。しかし、地主はそれを見て、収穫の儲けまでも搾取しようとし、日雇いの契約だけで働かせようとしました。父は安い賃金だけで働かせる地主に、我慢の限界を超えて毅然と反発していました。

一九二四年の排斥法が決まった年でしたが、小さいながらも食料品や日用品など扱うスーパーを始めたのです。父のそばで懸命に働きどおしだった母が、突然一九三三年に亡くなってしまい、父は僕たち九人全員の子供全員を連れて、鹿児島に帰国したのです。

学校生活などを経験して、一九三六年には僕と父がアメリカに戻り、次いで一九三八年には弟ケンが戻りましたが、すぐ姉と妹が続けて亡くなったので、父は再び鹿児島へ帰国し、その後は二度とアメリカへは戻らなかったのです。僕と弟の二人で、鹿児島の父や弟のために仕送りすることを考えて、ロサンゼルスで住み込みで造園業の仕事に就きました。

運命の一九四一年一二月七日。日曜日の朝、八時過ぎに何げなくラジオのスイッチを回した僕たちの耳に、興奮した声で「日の丸の戦闘機がハワイを攻撃している」と飛び込んできました。僕たちはびっくりして、鹿児島の父や、三人の弟のことが心配になったのです。また、前日の六日に仕事仲間の黒人の青年が、僕に日本とアメリカはこれからどうなると聞いてくるので、僕は「この調子だったら戦争になるだろう」と冗談で言ってしまったのです。あの黒人青年は僕を日本のスパイと思っているのではないかと、ぞっとしてしまいました。

弟ケン・アクネ

強制収容命令が発令されて、コロラド州のアマチ収容所に入りました。

一九四二年一一月、収容先のアマチ収容所にＭＩＳ（陸軍情報語学学校）の将校が来て、日本語のできる二世の志願兵を募った結果、五〇人が志願したのです。四四二部隊の方は、四三年の三月頃に志願開始したので、ＭＩＳはそれ以前に実施していたことになります。真珠湾の事件以降に除隊させられて、悔しい目にあった元アメリカ軍人の日系人たちからは、「我々を除隊させた軍に、お前たちが志願するとは信じられない」と言われたものです。

僕が志願した大きな理由には、収容所に尊敬するアイハラさんという日本語を教えてくれた獣医がおり、志願した日にこう言ってくれたのです。「お前たちは桜の花と同様だ。アメリカの首都ワシントンの桜は日本で生まれたけれども、ワシントンに来てアメリカ人に可愛がってもらって大きく育っている。そして美しい日本の文化を春になると花を咲かせて教えている。お前たちもあの桜のようにアメリカを美しめる使命がある」と。

自分たちが軍に志願したことは、やはり正しい選択をしたと確信を持ったのです。日本語と日本の精神を教えてくれたこのような人物が、あの当時アメリカにいたことを誇りにしています。このような指導を受けた二世たちは、国家のために尽くすことを自然に身に付けたと思うのです。

アメリカ国籍の兵士ではあるけれども、体の中には「日本人」が残っているからこそ、日系人のスパイ容疑を晴らすべく、証明的戦いを残せたのです。日本人の持つ、「恥じを知る」精神と行動が、どれだけ多くの人たちに影響を及ぼすのかを僕たちは感じていました。

少数の日本人が、ほんのちょっとでも悪いことをすれば大きなデマとなり、嘘が一人歩きしてしまう。反対にいくら良いことをしてもどこかでミスしてしまえば、その小さなミスだけが宣伝されてしまうのです。特に軍隊というところでは決定的に評価の対象となることを、絶対に避けられませんでした。

僕は第三三師団の落下傘部隊として、たった一度だけ落下傘を付けてミンドロ島から飛行機に搭乗したことがあります。四五年二月、しかも目的地はコレヒドール島で、訓練もなしの、まさに本番の戦場だったのです。

白人将校にはピストルとライフルが配られたのですが、二世の僕には武器は渡されませんでした。上官への質問には、落下した後、必要に応じて銃を渡すという答えが返ってきました。あまりのことに、向き合って座っていた兵士が僕のために武器を探してくれましたが、それは第一次大戦時代の古いライフルで使用不可能なので、別の兵士が予備のライフルを貸してくれました。

降下は七人ずつでした。恐怖心を断ち切る思いで落下傘降下した先は、激戦場でした。なんとか着地したはいいが、早速、敵との対面の可能性も。僕にはヘルメットもなく、日本人の顔をしている二世の僕にとっては、味方さえ敵になりかねません。借りた銃だけ辛うじて携え、必死に着地したのですが、軍曹になぜか怒鳴られたのを覚えています。情報兵として、空からパラシュートで赴任したのは僕だけかもしれません。

アメリカ軍の反撃が開始される作戦に、この地で尋問の任務に就きましたが、負傷した日本兵などが地下壕で自爆していたのを見たりしなければなりませんでした。ある夜に、死を覚悟で刀を抜いてこちらに斬りかかって来た日本兵もいました。六〇〇〇人といわれる日本軍は、ほぼ壊滅状態でしたが、二七人の兵士だけは捕虜となっていました。僕はその尋問を担当しました。日本軍の戦力を聞き、所属、階級、手紙、手帳などから情報収集をしました。

ある尋問には、フィリピンのルソン島の北から捕虜を連れてきました。その時すでに、フィリピン兵の少尉にかなり殴られた様子でしたので、逆にその少尉の行為を叱ったことがあります。日本兵が現地の女性と結婚したこともありましたが、収容先がフィリピンゲリラの犯罪人と同じ捕虜施設だったので、僕は他の施設に移動させてあげたいと主張しました。

僕ら日系人は白人でも日本人でもないから、フィリピン人たちは僕に愚痴を言いやすいらしく、また白人たちもフィリピン人に言わずに僕らに言う。そして日本兵も僕に言ってくるという、よろず相談所のような状況でした。

捕虜となった日本兵にとっては、実名を呼ばれるのは「恥」と感じると思ったので、尋問の際に「浦島太郎」などと、呼んでいました。白人兵にはそんな精神面のことは分からない。しかし、次第に私には本名で呼ばせてくれるようになっていきました。やはりそれぞれの立場を重んずれば、必ず気持ちが通じ合えるし、心を開いてくれるものです。

僕たちは、日本で小さい頃に教育を受けたおかげで、日本人特有の、言わずとも人の気持ちをはかる精神があったと思います。

占領下の日本においては、横浜でのアメリカ人捕虜の解放が任務となりました。日本人は本当に戦いをやめたのか疑問でした。翌日から早速ジープで横浜の町を走ると、さっとみんな隠れました。でも、私が子供たちに日本語で話しかけるとみんな驚いた様子ながら、答えてくれました。その日から、子供たちを呼び止めては、アメリカ人の収容所を知らないかと尋ねることにしました。子供たちだってアメリカ人を怖いのだろうけれども、日本人の顔の私には人なつっこく接して来ました。とても印象に残っています。

同じ日本民族の顔でありながら、僕と次男はアメリカ軍。弟の三郎と四郎は日本軍として戦い、末っ子の五郎はアメリカ兵でした。こうして、私たちのように、日本で教育を受けた経験を持つ帰米組の二世は、日本とアメリカに別れて戦った例もあるのです。

アメリカに残った二世は、自国のために忠誠心を命を賭けて証明するしかない。アメリカに残り、生きていく道はひとつでした。一世たちに、志願したことを告げると、日本に親戚がいるというのに、それでも戦うのかと言われたこともありました。

GHQからの命令で、北は仙台まで行きました。第一一師団付属の経済化学部の通訳兵としてでした。この部署は、マッカーサー直属の統制化学部所属として、一九四六年一月まで日本の経済救済のための組織として活動していました。

勢いのあるマッカーサーは、自分が正しいと判断したことは、相手が誰であろうと説得しようとするので、トルーマン大統領に嫌われていたようです。マッカーサーはフィリピン戦を戦った経験もあるので、東洋人の気持ちを幾分か理解することができました。天皇の存在は日本人にとって、また自分の構想のためにも、重要な存在であると感じていたようで、天皇が、戦争責任を自分で取ると申し出た際にも、マッカーサーはそれをさせませんでした。もし戦犯扱いなどしたならば、ソビエトや中国のように共産主義化するのではないかと恐れていました。

終戦間近にソ連が参戦してきました。マッカーサーは、ソ連の要望する日本二分化案に「NO」と明確に反対しました。結局、ソ連軍の捕虜になった日本人は悲惨な扱いを受けました。

彼は、日本を独立国家として、米国以上の民主主義国家にしようと計画を練ったのでしょう。今日のアメリカは、二〇〇年かかって少しずつ民主主義国家になってはいます。自由はあるけれどもその自由に責任がある。他の人の自由も保護してあげなくてはいけない責任がある。しかし、そうは言ってもアメリカでさえ、まだまだ未完成な民主主義だと思います。

日本と米国に別れて戦った四郎、三郎とハリー

昭和の一番悪いときには、日本人は頑張りました。悲しい生活でもありました。そこを勝ち組として、白人はジープで走りました。今の日本はその時代のことをすべて忘れてしまいたいという気持ちの国です。今、あの時代のことも振り返らなければいけないでしょう。とても裕福で、困ることもさほどなくて、若い人たちにそんな昔の面影もないように見えます。その時代を知らない人たちにこそ、伝えておかなければならないことがあります。そして、そのような状態から起ち上がったことを知ることによって、日本人の精神を知ることができるのでないでしょうか。

世界平和のために、技術や人的貢献などが不可欠な時代になっています。経済力だけの判断で、力を推し量る時代は終わりました。

日本の、戦後復興の道のりは決して間違いではなかったでしょう。しかし、これからの時代は、視線が経済利益のみに向いてばかりではいけないでしょう。アジア諸国との協力関係を築きあげれば、共生しあえる素晴らしい社会のかたちが成立すると思うのです。

DICTIONARY
CORPORATE DATA

ハリー・フクハラ

我々二世の生きた昭和史を知ってこそ、日本が見えてくるのです。

父、福原克二(ふくはらかつじ)は一四~五歳で、一九〇三年頃にシアトルに移民してきました。父は広島の貧しい家庭で育ちましたが、祖母は父を生んでまもなく亡くなったと聞いています。母の愛情を知らずに育った父を案じた父の兄が、先に移民していたシアトルに呼び寄せたのでした。シアトルに着いた父は白人家庭のハウスボーイとなり、苦学して英語を覚えてアメリカの生活になじみ、やがて卒業はしなかったものの大学まで進んだらしいです。

父も母も広島の出身です。親戚が決めた結婚でした。七人家族(父と母、そして兄と姉に僕と弟二人)です。兄と姉は、僕が生まれる前に日本へ一時帰国していたため、子供時代は父と母と僕の三人家族でした。僕が一〇歳の頃に、兄と姉たちがアメリカに戻ってきました。それから一緒に約三年暮らしました。僕が一二歳の一九三二年に父が病気となり、

ハリー・フクハラ
（サンノゼ）

翌年に亡くなってしまいました。その時の経済状況は最悪でした。母は、父の遺した会社を引き継ぐことは不可能と判断して、家族で広島に引き上げたのです。やがて一九三八年に広島の山陽商業学校を卒業した一八歳の僕は、ひとりでアメリカのシアトルに戻ってきました。アメリカの学校で学びたいと思いつつも、一人では何もできませんでした。日雇いの仕事も少なく、シアトルから次第に遠ざかって南に下り、ついにロサンゼルスに九月か一〇月頃に着きました。知り合いもなく、やっと見つけた仕事でも「もうジャップは来なくていい」と言われてクリスマスの日にクビになってしまいました。翌年には学校に行くと決意したものの、住む家もなく、手持ちの金もない。ある日、亡き父がハウスボーイをして学んだことを思い出しました。やっとのことでロスの郊外にあるグレンデールという町の白人の家庭のハウスボーイの仕事に就くことができ、夢にまで見たカレッジに通うことになったのです。このご夫妻には子供がなく、しかも教師でした。僕を実子のように可愛がってくれたのです。

学校でもクラスメイトは白人だけでしたので、日系人の仲間の知り合いもなく、珍しい生活環境であったと思います。

そんな当時の国際状況を思い出す限りでは、アジアよりは移民の多い、ヨーロッパの戦争に話が集中していたのです。しかし、ヨーロッパの後は、いずれは日本とも戦争になるという話が囁かれていた矢先の一九四一年一二月七日、日米開戦となってしまいました。

ほとんどの日系人は即刻解雇となり、町ではジャップをたたき出せとばかりに険悪な雰囲気となり、日に日に、僕ら日系人の生活が悪化していくことになってしまったのです。

この非常事態に、政府の代わりとなって軍隊が治安維持に乗りだし始め、夜九時ともなると外出が禁止され、移動するにしても住まいから五マイルほどの距離に制限されて、自由も仕事も協力者も全くなくなりました。一九四二年二月一九日に、大統領行政命令第九〇六六号により、日系人の立ち退き政策が施行されることになりました。日系人は裁判もなく一方的な不当な立ち退き命令に、真っ正面から反対する者も現れましたが、やがて逮捕されていったのです。

僕の将来を心配したこの夫妻は、オハイオ州コロンバスに兄弟たちがいるから、そこでハウスボーイを続けて学校を卒業した方がいいのではないかと薦めてくれたのです。僕はそのつもりだったのですが、一九四二年三月頃に離婚した姉がシアトルに幼い子供と二人でいて、日本へ戻されるなど噂が広がり不安なので、一緒にロサンゼルスで暮しを共にさせて欲しいということで呼び寄せました。

生活の度合いが日々苦しくなっていくばかりでなく、空き家があっても敵国の日本人と見なされた二世たちには誰も貸してくれない。何とか友だちに助けられて、寝泊まりできるところだけは、確保したものの、一時的な仕事もやがてはなくなりました。四月には立ち退きのエリアが次第に拡大され、味方と思った人々も見て見ぬ振りをするようになるのを目の当たりにした日系人は、言いしれぬ不安を抱え込んで生きていくようになったのです。

一九四二年五月一〇日には、とうとう僕たち二人は、フェアーグランドのあるトゥルレーリーという場所の日系人五〇〇〇人を収容した臨時施設に三カ月間収容されてしまいました。次いで八月になると、一万五〇〇〇人収容のアリゾナ州のヒラリバー収容所に移動したのです。収容所内では、一世と二世の間で考え方の違いや、二世同士でも様々な衝突が起こり、時に暴動化に至るなど不穏な空気の中、日々自問自答を繰り返しておりました。

僕は強制的に収容されたことには反感を持ちましたが、アメリカに対して裏切るような行動はとりたくありませんでした。一九四二年一一月に陸軍の語学兵募集に志願して、ミネソタ州のキャンプ・サベージの陸軍情報部語学学校（ＭＩＳ）の三期生になりました。軍隊に志願した時は、入隊に反対する勢力があったため、こっそりと早朝に収容所を出ていかざるをえない状況でした。

情報学校で六カ月の訓練終了直前、僕たち四〇人ほどは秘密裏に上層部の命令で、四三年四月にサンフランシスコから出航し、行く先が告げられないままオーストラリアのブリスベンに六月に到着しました。日本軍をパプアニューギニアで、くい止めていた時期でした。四三年一二月、ニューブリテン上陸作戦の時には、ゼロ戦から攻撃されたこともありました。すでに兄と二人の弟は日本兵として、僕は米兵として、お互いに敵となって戦っていた時期でした。

一九四四年五月頃、僕は陸軍第四一師団の一三六連隊の語学兵としてニューギニアを転戦していましたが、アイタップと言うところでは、まさかと思う出来事に遭遇したのです。少年時代に母と戻った広島時代の仲間だった、松浦しげる君が捕虜になっていたのです。

彼もどうして僕がアメリカ軍として戦っているのか、不思議そうにしており、また、不安なようでもありました。彼の髪の毛はジャングルみたいだったし、髭面で軍服はなくふんどし一つの姿でかなり衰弱しきっていました。捕虜となったことを日本で公表されたくはないので絶対に帰りたくないの一点張りでした。ニューギニアでは物資が豊富ではないので、彼を含め日本兵の捕虜を、オーストラリアに収容させることになったので、これで一安心と思ったものです。

四四年一〇月にはモロタイに上陸。次いで四五年一月から七月は、ルソン島の戦闘などに転戦しました。そして八月、三三歩兵師団と共にフィリピンで終戦を迎えました。この師団はイリノイ州シカゴ近辺の州兵で、普段は知事の管轄ですが戦争時は連邦政府が管轄となり、参戦していたのです。

終戦になって落ちつくのかと思っていたら、日本上陸作戦のためとされた九州の極秘航空写真を見せられて、上陸訓練が幾度となく繰り返されたのです。しばらくして、実は広島と長崎に原子爆弾が投下されていたとの情報が入りました。原子爆弾という言葉を初めて耳にした僕は、将校に質問しても詳しいことは答えてもらえず、ただ「一発で広島が全滅してしまうほどの爆弾とだけしか知らない」との返事。広島には母や兄弟たちがいるし、実に心配でした。しかし終戦のニュースを知ったときは、僕自身が日本本土で戦わずにすんだことに安堵し、感謝しました。

その頃、アメリカ本土では、日本との戦争が終わり、強制収容所から次々と出された日系人らは、誰にも迎えられず、祝ってくれる者さえいませんでした。しかし、これからがむしろ日系人の人権獲得の戦いのスタートだったのです。

四五年九月二二日、敗戦色の濃い日本へ到着。和歌山から、すぐさま第三三クラークソン師団長専任通訳として、駐留先の神戸へと向かいました。白人兵たちには休暇が許可され、アメリカへ一時帰国していました。

白人兵にはできない仕事を僕たち二世の語学兵が担っている、とのプライドを持ち、より良き戦後復興のためには、日本とアメリカの両国に欠かすことのできない大きな役目がある、と僕たち二世は感じていましたので、命令に従うことが使命であると誰もが思っていました。

神戸では、関西地域の武装解除やアメリカ軍の政策を、日本語に換えて役所に伝えたりする仕事で多忙な日々でした。

原子爆弾を投下されたという広島のことは、頭から片時も離れることはありませんでした。将校からは広島へ行くのは無理だと言われてはいましたが、何とか師団長に広島の家族の消息確認のための許可を得て、一度二度と、トラックとジープ三台に食料などを積んで向かいましたが、道路や橋が決壊していたために、途中で引き返さざるをえませんでした。

やっと三度目に、僕と白人の二人がジープ一台で、ほぼ丸一日かけて広島に着きました。崩壊した広島駅の残骸を見つけて、うろ覚えな頼りない記憶と勘を信じて家をやっと見つけたのです。足を洗っていた母は、アメリカ軍服姿の僕になかなか気づいてはくれなかったのですが、叔母が先に気づいてくれました。

母はあの原爆投下の日、午前一〇時からの仕事がたまたま早朝の仕事に代わったために、早く家に戻っており、サイレンが鳴り響いたので、防空壕に入って一命をとりとめたのでした。けれども、原爆の後遺症で次第に身体がむしばまれていきました。日本の病院では、治療法も皆目見当もつかず、一時アメリカの軍病院へ連れて行きましたがそれでも無理でした。二〇年後、広島にあった原子爆弾専門の病院で亡くなっています。兄は日本軍として戦ったのですが、ビルマで負傷して以来、戦地から戻って軍隊から離れて会社に勤めていました。あの日の朝もいつものように通勤していた時に被爆してしまい、何も言えない状態のまま一年後に死亡したのです。

アメリカ兵と比較すれば、僕たち日系アメリカ兵の立場は非常に複雑で、両国どちらの立場でも理解の範疇を越えていたと思うのです。一世の親は強制収容所にいるし、また、僕の母のように日本に戻り、アメリカの原子爆弾で被爆した家族もいる。あるいは、兄弟が敵味方に分かれてしまったという現実の中で、二世はアメリカのために戦う兵隊となって——もちろん中には不満のところはあったわけですが——今後もアメリカ人としてアメリカで生活していくには、これぞ忠誠心たる功績をアメリカ政府に示さなければなりませんでした。ある程度の犠牲を伴う功績こそが、未来の日系アメリカ人の地位を決定づける要因だったのです。ただ、ヨーロッパで戦う陸軍所属の二世部隊と、アジア各国で日本人と対峙した情報部語学兵とでは、精神的な負担に差があったと思うのは僕だけではないでしょう。

一九四六年一月に帰国して除隊しましたが、軍時代にニューギニアでかかったマラリアが再発したために、シカゴで入院してしまいました。だが冬のシカゴはとても寒くて身体が逆に弱ってしまうので、ロサンゼルスの友人の家へと移り住みました。

しばらく仕事もできず、身体の調子が悪い日々が続いていた一九四六年の年末に、日本の家族が病気になって全員入院してしまったと連絡が入りましたが、案ずるばかりで全くどうすることもできずにいました。そんな時、占領下の日本で語学兵が必要との予備役の通知があり、申し込んでみたところ、二〜三週間で了承されました。四七年二月軍務復帰となり、陸軍情報学校で再教育を受けた後に、ＣＩＣ（米陸軍防諜部）配属として日本へ発ったのです。四七年一一月混乱時期の日本に着き、横浜を経て富山のＣＩＣ支部副隊長を任命されました。

五〇年、朝鮮戦争が勃発すると、共産主義や労働運動が激しさを増していきました。CICは、日本の共産主義化を恐れたマッカーサー総司令長官の眼と耳となり、つかめる限りの当時の日本のすべての情報を報告するのが任務でしたので、時には独自の盗聴活動が許され、様々な組織活動の内容を把握したりしました。朝鮮戦争勃発による日本の再軍備計画など、戦後日本の体制がいろいろと検討されていた時期に遭遇していたことになります。

庶民の暮らしを見れば、都会には食べ物や着るものすべて失った人々が蔓延している状態でしたし、労働組合ができても復員軍人らは仕事などなく、精神的にもかなりダメージを受けてしまっていた彼らが、何をしでかすか分からないことも不安材料のひとつでした。しかし、大きな暴動に至らなかった理由として、復員に時間がかかっていたこともあっただろうし、住むところも食べ物もなかったところに、アメリカ軍が補給したことがあげられると思います。マッカーサーは、日本人のためにはまず食料補給が最大事項と考えていました。例えば、各管轄内の指揮官に命じて、しょうゆはないが原料の大豆を調達させたり、米に代わる主食としてパンをつくるメリケン粉を配ったりなどと、豊富な物資をずいぶん役立たせていました。

ヨーロッパ戦線で、陸軍として活躍した日系アメリカ軍四四二部隊と一〇〇大隊は、戦後まもなく解散していましたが、GHQの情報部に移籍して、語学兵として朝鮮戦争を含め活躍した人たちもいます。情報学校は約六〇〇〇人を輩出しましたが、半分は戦時中に語学兵として戦地を経験し、残り半分の人々は、戦後になって通訳や翻訳の仕事のために、GHQ内部で日米間の重要な橋渡しの役目を果たしたのです。政府や地方役所などへのGHQからの連絡は、僕たちが不可欠だったのです。これらの記録はあえて残さないと定められていたため、アメリカにも日本にもあまり存在していないことが残念ですが、最近ではアメリカ政府が進んで、日本進駐におけるGHQ時代の記録の掘り起こしを始めています。

またアメリカ連邦議会でも、日系二世兵の忠誠心に対して議会最高勲章を授与するなど、日系人への対処の過ちを認めた上で、首都ワシントンに日系人記念公園を建設しました。

自国のアメリカ人や日本人にも事実を知ってもらいたい。昨今の日米間はどんどん親密で近い関係になりましたが、もっと歴史を知り、共通の歴史認識を持つ教育こそ大事であり、お互いよく分かり得るために必要なのです。そして、日本人とかアメリカ人とかではなく、共に地球人として生きる時代になってきたのではないでしょうか。

あまり知られていないことですが戦時中、ペルーの日系人を強制的にアメリカに送り、収容所に入れた事実があります。目的は、フィリピンなどアジアでアメリカ兵が捕虜となった場合に、アメリカ人捕虜との交換要員として使われていたことが明らかになっています。後にこのことについてアメリカ政府がペルー日系人たちに賠償することになったのです。

広島

彼らにとって非常に可哀想な出来事でありますし、ペルー政府が容認したとはいえ、日本との戦争にかかわったわけでもないペルー日系人たちが、強制的にアメリカの収容所に入れられたのでした。戦後はペルーに戻ることさえ拒まれ、アメリカでの居住も厳しい環境でありながらもアメリカに残って、不当な人権侵害を訴え続けたペルー日系人が賠償を受けることができたのです。こうした事実に歴史検証のメスを入れてこそ、本当の民主主義ではなかろうかと僕は思うのです。

今だに日本人の中には、日系人が太平洋戦争で日本人と対峙したことに反感を持つ人がいることを知りました。なぜ、日本との戦争に志願したのかと……そのことこそ、歴史を学ぶ最初の質問として問いかけたいのです。我々二世の生きた昭和史を知ってこそ、日本が見えてくるのです。

CHICAGO NISEI POST 1183
二世

エリック・シンセキ（元米国陸軍参謀総長）日系三世との出会い

日系市民と一緒にアメリカ陸軍の制服姿で立っている人が、近年までアメリカ陸軍のトップを勤めていた日系三世のエリック・シンセキ氏である。二〇〇〇年、全米規模で開催される日系人戦没者慰霊祭の式典会場となっていたワシントンDCに出席されていた。私にとって三度目の邂逅のチャンスとなった。

初めて出会った一九九八年のある式典における氏のスピーチで「アメリカの核を含むすべての軍事施設は、平和維持のための抑止力であればと願う。しかしひとたび大統領からの命令が下れば武力行使による行動を起こさざるをえないのが軍人である。この命令が発せられることのない世界を願う」と語った。私は至近距離の撮影位置からこの声を聞いていた。

あれから三年を経た九月一一日。世界貿易センターなどへの同時多発テロが勃発。以後、アメリカはイラク戦争へと突入していく。米国最高会議の席上で大統領や国防長官から、陸軍の最高責任者としての意見を求められた氏はこう直言したという。「どうしても戦い

エリック・シンセキ
（ワシントンDC）

が回避できないのであれば、戦後のイラクの安定化には三〇万から五〇万人の兵力での短期決戦が不可欠」と。彼は戦争の長期泥沼化を極力回避しようとしたようである。しかし、先の二人は、少数兵力によるピンポイント攻撃での勝算を推定。直後、エリック氏は陸軍の最高位から身を引いた。

日系人戦没者慰霊祭の秋空に、「星条旗よ永遠なれ」の国歌が響いた。

ハワイ・パンチボウル国立墓地

ドロシー・マツオとの邂逅

一九九四年一〇月一四日。フランスにある小さな町、ブリュイエールではヨーロッパ解放五〇周年の記念式典が盛大に催されていた。そこはドイツとの国境を越えたヴォージュ山地の麓（ふもと）に位置している。

さほど高くない山々に囲まれているという要塞型の地形を利用して、終戦間近にドイツ軍が完全に包囲してしまった歴史があった。しかし、そのドイツ占領時代に敢然と幕をおろした兵士たちがいた。

時は、一九四四年一〇月一八日。一週間にも及ぶ激しいドイツ軍の反撃に勇敢に立ち向かい、フランス人をナチスの手から解放したのは、日系二世兵士たちだった。

退役二世米兵たちがアメリカ各地より、このフランス解放五〇周年の記念式典に参加するために、ブリュイエールに集うとの情報を耳にした私は、その記念すべき日をこの眼で見てしっかりと記録しておきたかった。

晴れ渡った秋空のもとに集った日系二世たちは、家族を含めて約一〇〇〇人。感謝祭は、

ドロシー・マツオと孫
（ハワイ）

終戦より五〇周年目という節目にあたるこの日ばかりではなく、地元フランス人との交流は、なんと戦後から途絶えることなく続いていたと聞いて、恩を忘れないエスプリ（精神）の国ならではのことと感動した。

式典前、一人の日系の婦人が私に声をかけてきた。「あなたは、二世の集会などでもよく見かけますが、フランスまで来ているとは、どこかの放送局か新聞社の関係者ですか」と。私は躊躇することなく、一九八〇年にホノルルで出会った退役二世兵との、最初の出会いから今日までのことを伝えた。活動資金の出所についても、どこかにスポンサーがついていると勘違いされては困るので、私が彼女が思っているような裕福な生活者ではなく、すべて自前で稼いで得た資金で取材費用を捻出し、自分の意志で取材し続けていることを伝えた。この婦人こそ『若者たちの戦場』の著者であるドロシー・マツオ氏であった。ドロシーさんは、二世の研究論文によりハワイ大学博士号を取得されている方であり、ご主人のテッド・マツオ氏は衛生兵（メディック）としてヨーロッパの戦場に志願した一人だったのである。

彼女は、ご主人ら元衛生兵仲間が集う席に同席するたびに、耳にしてきた彼らの数奇な体験談を後世に残すべきものと考え、丹念にインタビューをして本にまとめ上げた。

私は、自分の事務所には常に撮影した二世たちの写真が飾られていることや、いずれ必ず彼らの体験を書いて、広く世間にその行動と精神性を知らしめるつもりであることを約束した。

それから二年後、マッツオ夫妻は日本旅行の際に、わざわざ私の事務所を訪れてくださった。折々で撮影した二世たちの写真を見て、「ずいぶんアメリカを歩きましたね……」「宍戸は日本からよく通ってくるね」とお誉めのことばをいただいた。

以来、私の撮影希望を叶えるために奔走してくださった。あのダニエル・イノウエ上院議員や、マッカーサーと昭和天皇の通訳者であるカン・タガミ氏など、多くの方々にコンタクトをとっていただいた。

ドロシーさんは非常に研究熱心で情熱に溢れ、生け花の研究にも力を入れておられ、時折指導を求めて来日されている。歳を重ねてもなお旺盛なその求道心は、弁護士である三世のお嬢さん、そして四世の可愛らしいお孫さんに受け継がれているようだ。

「学ぶこと」そして「伝えること」は人間の最大の誇りであることを、ご自身の生涯を通して証明されている。

あとがき

真珠湾攻撃を受けたハワイでは、当時すでに日系人は、経済産業において際だって優れた労働力として認められていた。ＦＢＩに連行されて行ったのは大使館関係者、教育者、僧侶、貿易商人、社会運動家などの限られた人々であって、一般の人々はほとんど強制収容されなかった。そのためハワイの二世の軍人志願率は高く、三〇〇〇人の応募に対して一万人もの若者が集った。

対して、米本土の二世たちは、スパイと見なされた上に裁判もなしに財産もほぼ没収された上での収容所送りとなっていた環境であり、進んで志願するハワイの二世たちとは考え方にも差が生じていた。米陸軍の訓練の最中も、本土とハワイの二世との間は険悪であったのだが、ある時ハワイの二世たちが本土の強制収容所の過酷さを理解して以来、二世同士の喧嘩は静まったといわれている。やがて訓練を終了した二世たちは、最激戦地であるヨーロッパ戦線へと送り込まれて行った。

一九八〇年一月二六日、僕はアメリカに向けて出国。

写真を学ぼうとニューヨークを目指していたのだが、旅費や生活費の都合でハワイでの生活からスタートを切った。

二カ月後の三月一六日、ホノルルで僕は日系四四二連隊の旧隊員トーマス・オオミネ氏に出会った。氏の話は僕の心の奥底に眠る日本人の心を揺さぶり続けた。自らの精神的支柱がぐらぐらしてくる思いだった。時に苦しく、時に日本人としての誇りを呼び覚まし、そして戦後の日米関係改善への礎を築いたという、氏の誇りに満ちた人生のドラマを見せつけられる思いだった。

僕は氏の話を聞き終えた時には心が決まっていた。彼ら二世に会って証言を聞き、肖像写真を含めた環境を記録し、一歩踏み込んだストーリーとして伝えることにより、何らかの歴史模様が浮かび上がって来るはずだと確信した。

やがて、一世の家の庭掃除の仕事を紹介され、夕方毎日通っては話を聞いたり、ダウンタウンの店先に座っていた一世のお婆さんの優しい仕草に、胸いっぱいになりながらシャッターを押していた。だがそれらの写真は、彼らの労多き人生を凝縮しうる表現には至っていないものばかりだった。

僕は、意を決してハワイから本来の目標であるニューヨークへ向かった。

毎日毎日が大都会に慣れようともがく自分と、写真の上達に焦る自分との闘い。なのに僕は、英語があまりにも不自由であった。うまくしゃべれない分、一枚の写真により強い表現を写し込むという集中力を養っていった。しかし、撮っても撮っても撮れていない挫折感の日々。そんな時期に出会ったアンセル・アダムスのゾーンシステムを知り、モノクロのトーンの素晴らしい表現の作品を見た。

その後、日本に帰国し、スタジオに三年半勤めたのち、独立。仕事の傍ら一年に数回、アメリカに戻り二世部隊の退役軍人を中心にこつこつと取材を進めた。

一九九五年、戦後五〇年を記念してニコンサロンで個展を開催することができた。僕はこの写真展のタイトルを「二一世紀への帰還」と題した。

日系二世の軌跡を取材していく過程で、彼らの培ってきた類い希な勇気、忍耐強さ、勤勉さ、相互意識、孝養、報恩のこころ等々を強く感じた。紛れもなく移民一世の両親から受け継いだであろうこの日本的な美徳は、現在の日本人の我々にどれほど培われているだろうか。私が出会った二世たちの多くは礼儀正しく、慎ましやかであり親切である。私の取材活動についても協力を惜しまず、大変感謝している。

戦地においても彼らは人道的であり、特に自暴自棄になっていた日本兵捕虜への献身的な激励は、戦後へ生きる希望をつなげたことは想像に難くない。戦後も両親の祖国日本の発展を想う彼らの働きにより、完璧ではないにしても日本文化をＧＨＱ上層部に教えた功績も大きい。武力による抑止力から、対話による平和的解決へ。言葉という力を証明した日系二世たち。相互の民族の狭間に苦しみ、しかし民族を越えた人間主義を貫いたところに真の平和を希求した彼らに学ばなくてはならないと思う。

そして彼らは、日系人が日本軍に米艦隊の移動先などを密告した等の、様々な憶測が呼び起こす根も葉もないデマに打ち勝っている。その証明は、アメリカの首都ワシントンにある国会議事堂近くに、全米日系人記念公園が建設されたことがあげられる。ここは、アメリカの民主主義の汚点となった日系人の不当な強制収容所時代を反省し、今後二度と同じ過ちを繰り返さないとの誓いの意義を、歴史公園として留めている。さかのぼって、レーガン大統領時代の一九八九年にも、日系人一人につき二万ドルの賠償を保証している。

悪を絶対に許さないという持続的な抗議行動こそ、人間としての尊い精神闘争であり、現代日本に失われつつある意識ではないだろうか。真の民主主義を憂うるこの叫びこそが、二一世紀の民衆に帰還されるべき魂ではないだろうか。

僕は、もとより戦争の歴史を調査する歴史家ではないし教育者でもない。戦争歴史の検証については、二〇〇五年、戦後六〇年を経た頃から世界的に調査を開始する動きもあることを聞いていている。彼ら二世の多くは、守秘義務にも忠実で、戦後も固く口を閉ざし容易に語ろうとはしなかった。しかし、終戦五〇年（一九九五年）を過ぎた頃から、足繁く通う僕にちらほらと語ってくれるようになった。僕は彼らのメッセージこそが、二一世紀の今こそ継承すべきものではないのかと感じている。彼らは伝えるべき使命を担っているがゆえに、激戦から生還したともいえるのではないかと思うのである。

宍戸清孝

二〇二一年八月

〔謝辞〕

フランス語通訳者の窪田佳代子さんのこと

一九九四年一〇月一二日から一週間、フランス、ブリュイエールで行われた記念式典で通訳をして頂いたのは、フランス在住でシャンソン歌手でもある窪田佳代子（くぼたかよこ）さん。

セルジオ・カルレッソさんにインタビューしていた時、私は彼の不自由な片足の訳をどうしても聞かなければならないという衝動に駆られた。窪田さんは私のそんな願望を察してくださり、「どんな質問でもしてください。私は伝えます。疑問をそのままにしないことが宍戸さんの仕事です」と、後押ししてくださった。私はカルレッソさんの足にひざまずくようにして、非礼を詫びながら「もし、私の質問がお気に障ったら答えなくても結構です。あなたの片足がご不自由な訳を教えてください」

「私の国のシモーヌ・ベイユという偉大な思想家はこう言った。あなたはどこが苦しいのですか、と問いかけた時から友情は始まる、と。今、あなたはそれを実践した」。そう言ったなり、カルレッソさんは私の体を抱くように引き寄せたのだった。そんなやりとりを、窪田さんは時折涙ぐみながら忠実に通訳してくださった。

お陰で、貴重な日系二世兵たちによる、フランス人解放の様子を知ることができたのである。

その後も、メールで近況などをお互いに報告しあっていたが、悔しいことに窪田さんは白血病で亡くなられてしまった。フランスでの取材から二年後のことである。責任感が強く心優しい彼女は、忘れることのできない協力者の一人である。

デレク&クミコ・岩本夫妻のこと

一九九八年秋だった。私は、仙台空港からハワイへ向かう予定で搭乗を待っていた。しかしアクシデントが起きた。時間を過ぎてもいっこうに乗るはずの旅客機は見あたらず、かなりの時間を経過してから、搭乗を促すアナウンスの代わりに淡々と、飛行機材の故障により出発が翌日に延びたという説明が流れた。あまりのことに、私は航空会社に抗議したのだが、その時に一緒に抗議した人々の中に、岩本デレクさん、久美子さんのご夫妻がいた。デレクさんはハワイ生まれの日系三世。久美子さんが日本人というカップル。

結局、一日遅れての出発となったが、おかげですっかり意気投合した私たちは機内で二世部隊などの話に花が咲いた。デレクさんのお母さんはテキサス州出身者で、失われた大隊救出作戦をよくご存じであり、それが縁でご自宅にも招いていただき、その後も多大な協力をいただいている。

特にハワイ独特の言い回しによる証言インタビューは、ハワイ出身のデレクさんと日本人の久美子さんのペアでなければ、微妙なニュアンスは翻訳ができなかったことを思うとき、本当に不思議な出会いに感謝している。

そして親愛なる協力者の皆さま

英文への翻訳を担当してくださったアンドリュー・ゲバートさんは渡米時代からの親友であり、意見の違いを忌憚なく述べあえる数少ない存在である。現在、翻訳者として活躍している彼からは、妥協をしない探求心と勉学する楽しさを学ばせていただいた。
安藤修さんは映像プロダクションの副社長。ヨーロッパ戦線跡に立つ日系二世の貴重な映像を収録している。決して驕ることのない人柄に誰もがこころを洗われてしまう。(二〇〇六年没)
寺崎敏男さんはIT専門会社の代表である。私の追う二世の世界に興味を持たれ、お忙しい立場でありながら、時には社を離れて同行して映像を残してくださっている。
ハリー・K・フクハラさんは、元陸軍MIS情報部の大佐であり、戦後もGHQのもと、日本の復興のために長年尽くされた方である。「第二九回伊奈信男賞」を私が受賞した二〇〇四年一二月には、はるばるサンノゼよりお祝いに駆けつけてくださった。拙宅にも訪問してくださったこともあり、戦中戦後の日米間においてさまざま活動された内容の一端を語ってくださった。

私は、フクハラさんを含めた彼ら二世の、総じて淡々と話される言葉の端々に祖国日本を想うこころを感じるにつけ、彼らが命を賭して勝ち取った人権と平等と調和という松明（たいまつ）を受け継ぎ、明々と燃やし続けていかねばならないと誓うのである。

最後に、この本を刊行するにあたっては論創社の森下紀夫社長の深いご理解に謝意を表するとともに、出版への足がかりをつけてくださった鳥飼新市氏、編集作業の細部に渡りかかわってくれた妻の芳子に感謝の念を捧げたい。ハワイ時代にニューヨークへの道を拡げていただいた斉藤亨様、誠に感謝にたえない。

多くの二世が鬼籍となり、生前残した大切なメッセージを活かすべき時は今と、リニューアル本として刊行することにした。

できることなら、目をそらしたい、忘却したい痛ましい歴史・史実とどう向き合うか、という課題が、各国で様々なかたちで浮上している。このような「歴史問題」を抱えていない社会はないし、日米間においても直視されず、忘却の淵に飲み込まれそうな歴史もある。理想はもちろん、忌憚のない対話をとおして、お互いの記憶と解釈を照らし合わせ、納得しあえる共有の「理解」に至ることだが、それは容易には果たせない。

この困難な作業の不可欠なベースとなるのは、「なにがあった」「その時はどうだったのか」と、いわば「生の声」なのだ。地政学などの次元を考える以前、またその前提として、「人間に何が起こったのか」をしかと押さえる必要がある。

文章においても、写真芸術においても、宍戸清孝がとっている手法は「耐えて待つ」と表現できよう。それはつまり相手（それはひと、もの、場所でも）が自ら語ってくるのを耐えて待って、そして語られるその真実・史実を、抑制した熱意とともに、読むひと、観るひとに、届けて来たと言って良い。

彼との長い付き合いの中、宍戸の取材・撮影現場に居合わせるチャンスに、数度恵まれた。その時の姿勢が非常に印象的だった。

温かく、しかも食い入るような眼差し。相手に対する、全身傾聴ともいうべき姿勢。宍戸の仕事の中核は、やはり「人間」であり、一人の人間に起こったこと、そしてその奥にあるものとして、「人間とは」という命題に対する飽くことなき追求だ。そう、その都度、僕は強く感じて来た。

真珠湾攻撃の後、嫌疑をかけられ、収容所にまで追いやれた日系人たち。日本人としての名誉、また米国への忠誠心という齟齬する動機に動かされ、米軍に志願し、激戦地に赴いた人たちへの宍戸の取材活動は、四〇年近く続いている。

そのなか、人生の最終章に入り、宍戸に心を許し、固持してきた守秘義務を超え、自分が米軍情報部（ＭＩＳ）として経験したことを語り残すひとも。この本には、痛烈な歴史的体験を背景に、生身の人間同士の交流が豊かに詰められている。

アンドリュー・ゲバート　創価大学専任教授・翻訳者

Foreword: And Still They Were Called "Japs"

In 1960, fifteen years after the end of World War II, I was a young boy concerned only with games and play. Each spring, however, as the air grew fragrant with cherry blossoms, a disturbing reality impinged on this innocent state. The local shrine sponsored a festival where I was confronted by the painful spectacle of a band of wounded veterans playing their instruments to solicit contributions. Some had been blinded. Others were missing limbs. One had survived having parts of his jaw and skull blown away. They offered a grisly sight entirely out of keeping with the festive mood of the day. Wishing only to get away from them as quickly as possible, I would shut my eyes tight and pull my mother by the hand. Even as I fled, the sad tones of the accordion seemed to pursue me. This experience was—with the scent of the cherry blossoms just starting to scatter—impressed indelibly in my childhood consciousness.

During the summer break of my first year of middle school, I visited the U.S. Air Force base at Misawa, the only such facility in northeast Japan. My uncle, an award-winning painter, made a living selling his paintings and offering other art-related services on the base. I stayed with him that summer and he showed me around. Within the huge expanse of the base I found homes and a way of lif identical to the one we admired so much in American TV dramas. Even as I enjoyed a large cone of soft ice cream—staring wide-eyed at the rippling American flags that seemed to be everywhere—I could not help comparing the lively vigor of the U.S. soldiers to the pathetic memory of the wounded Japanese veterans I had witnessed as a child.

This was at the height of the Vietnam War, and the air was filled with the constant roar of jet fighters taking off. What, I wondered, was this thing called war? My uncle was friends with Kyoichi Sawada, the Japanese photojournalist who traveled from northern Japan to Vietnam, where he would later die in the line of duty. Moved and impressed by his example, I hoped that I could someday engage in work that would link Japan and the United States.

At age 25, I traveled to America. On M arch 16, 1980, while living in Hawaii, I met an elderly second-generation Japanese American, Thomas Omine. For me, this was a fated encounter. Omine was a veteran of the 442nd Regimental Combat Team (RCT), composed entirely of Nisei like himself. During World War II, the Nisei members of the 100/442nd RCT saw action in some of the fiercest battles of the European theater. With "Go For Broke" as their slogan, they fought bravely and earned an honored place among the Allied

forces. For three hours, he shared with me the drama of his life awakening in me a new determination.

In the wake of the surprise attack by the Japanese armed forces on Pearl Harbor on December 7, 1941, some 90 percent of Japanese Americans living on the U.S. mainland were forcibly sent, without trial or legal review, to internment camps fenced in with barbed wire. Yet many you Nisei, determined to restore the honor of their first-generation parents, emerged from these camps to volunteer for service in the armed forces of the country that had rejected them.

In the history textbooks from which Japanese people of my generation studied, Japan's role in World War II is covered in a scant few pages. This education offered us no opportunity to think about the rights and wrongs of this momentous clash between nations, much less to learn from the innumerable human dramas that lie obscured within that history. It was thus a shocking and eye-opening discovery to learn about the strange destiny that found people of Japanese heritage fighting in the armed forces of the United States.

At the time, felt intuitively that I recording and documenting the story of these lives was the work I had to undertake. I did not want to be confined by the lines that divide victor from vanquished, but to listen to and record stories from all sides and perspectives. I am convinced that the effort to develop a shared understanding of history is the first step toward constructing peace. With this determination, I have continued to meet, interview and photograph Nisei veterans.

In the course of this work, I learned that there were many Nisei who were not battlefield soldiers, but were active in the information and intelligence fields. With their knowledge of both English and Japanese, they were assigned to different units throughout the U.S. armed forces. The Military Intelligence Service (MIS) unit included some 6,000 Nisei, many of whom were dispatched to the South Pacific, Southeast Asia and China, where their responsibilities for interrogating POWs brought them face-to-face with the soldiers of the Japanese Imperial Army. Having been involved in special activities such as decoding messages, and duty-bound to maintained secrecy, most have maintained a carefully guarded silence long after the end of hostilities.

As I repeatedly visited and spoke with these now elderly veterans, If found myself welcomed warmly into their homes and their lives. It seems that many of them have come to feel that part of their mission as survivors is to convey the reality of what they experienced to future generations. Each time I encounter their sincerity, each time they grasp me by the shoulders and guide me into their homes, I renew my determination to continue documenting the lives of these Nisei veterans to the very end.

Repatriation to 21st Century

Postscript

When the attack on Pearl Harbor took place, people of Japanese ancestry living in Hawai'i were already recognized for their economic value as a source of high- quality labor. Thus, the FBI targeted only certain groups-embassy personnel, educators, priests, traders, social activists—and the large majority were spared internment. This was no doubt a factor in the high rate of Nisei enlistment in Hawai'i, where a call for 3,000 volunteers was responded to by more than 10,000 young people.

In contrast, Japanese Americans living on the U.S. mainland found themselves sent to the internment camps after having been accused of spying and having most of their property confiscated. There was thus a large gap between their attitude and the enthusiasm of the Hawai'ian Nisei. As they underwent basic training, there were deep tensions between these two groups until the Hawai'ian Nisei learned of the harsh conditions in the internment camps. From that point, fights among the Nisei soldiers ceased and, having completed their training, they were sent to the battlefields of Europe.

On January 26, 1980, I left Japan for the United States. My goal was to go to New York, where I planned to learn the art of photography. My first stop was Hawai'i, where I worked to earn the money needed to continue my travels.

Two months later, on March 16, I met a veteran of the 442nd RCT, a unit composed entirely of Nisei. The stories he shared with me had the effect of awakening the "Japanese spirit" that had lain dormant within me; the very foundations of my being were shaken. At times painful, at times inspiring pride in being Japanese, the remarkable story of his life was filled with a sense of proud achievement at having helped lay the foundations for better U.S.-Japan relations in the postwar period.

When he finished speaking, my mind was made up. By taking down the testimony of these Nisei, recording and portraying their lives in order to develop the most in-depth narrative possible, I would try to shed some light on this aspect of history.

Eventually I found work tending the garden of a first-generation Japanese American. There was an older first-generation woman who sat in a storefront in downtown Honolulu whom I visited almost every evening on the way home from work. As I listened to the story of her life, I found myself moved by her soft and delicate gestures. I attempted to photograph her and the others, but the results all failed to capture the essence of lives that had known so much struggle. Deciding, finally, to leave Hawai'i, I set off for New York City, my original destination.

In New York I struggled to adjust to life in the great metropolis while attempting to hone my skills as a photographer. My English abilities remained all too limited and I sought to compensate for my inability to express myself in words by compressing as much as possible into each photograph I took. But the more I shot, the deeper my sense of failure. It was at this time that I learned about the Zone System developed by Ansel Adams and encountered black-and-white photographs whose extraordinary power derives from the use of carefully controlled grayscales.

Returning to Japan, I worked for another photographer for three and a half years before establishing my own studio. For the past more than 20 years, while working as a commercial photographer, I have tried to make several trips annually to meet with retired Nisei veterans.

In 1995, the 50th anniversary of the end of World War II, I was able to hold a one man show of documentary photographs at the Nikon Salon gallery entitled Nijuisseki e no kikan (Repatriation to the 21st Century).

As I researched the lives of these Nisei veterans, I was deeply impressed by their truly remarkable spiritual qualities—courage, perseverance, hard work, reciprocity, respect for the elderly, a sense of gratitude and appreciation... And I could not help but wonder how much these virtues, which they no doubt learned from their first generation immigrant parents, remain among the present-day inhabitants of Japan.

The great majority of Nisei whom I met in the course of this work were notable for their courtesy, reserve and kindness. I am truly grateful for the unstinting cooperation which they have extended to me.

Their humanity shone on the battlefield. The Japanese POWs captured by the allies were in the throes of self-destructive shame and despair. The encouragement offered them by the Nisei must have been crucial in sparking the

hope needed to live on in the postwar era. The efforts of the Nisei soldiers, yearning for the postwar reconstruction and prosperity of their parents' homeland, made important contributions toward helping the top leadership of the Allied Occupation understand Japanese culture. The work of the Nisei clearly demonstrates the power of language in making the historical transition from military deterrence and threat to peaceful resolution through dialogue. I believe there is much that we must learn from these people who, struggling and suffering in the chasm between cultures, transcended national differences in the earnest pursuit of peace.

The Nisei also won out over groundless slurs and slanders, such as that they secretly reported the movements of the U.S. fleet to the Japanese military. As proof of this, in November 2000, the National Japanese American Memorial was dedicated in Washington D.C., a short distance from the Capitol. This memorial reflects the understanding that the internments were a stain on American democracy and embodies the vow never to repeat this mistake. Earlier, in 1989, during the presidency of Ronald Reagan, a formal apology had been made, and compensation of $20,000 awarded to each internee.

The refusal to accept injustice, sustained through resistance and action, represents the most noble spiritual struggle of which human beings are capable. The impassioned voice raised in defense of democracy is, I believe, the spirit that must be transmitted to the citizens of the 21st century.

I am not a historian by training or profession, nor am I an educator. I have heard that there are efforts being made to start a global program to research and record the history of World War II as we approach the 60th anniversary of its end in 2005. Many of the Nisei have felt bound by their professional obligation as soldiers to maintain silence about the secrets to which they were privy. Starting around 1995, the 50th anniversary of the war, some of the veterans I had been meeting with began speaking more freely about the events of the past. I feel that now is the time to convey the message of their lives to the 21st century. They survived, returning alive from battle bearing, I am convinced, that special mission.

宍戸清孝（ししど・きよたか）

1954年仙台市生まれ。父の実弟がガダルカナル島で戦死した話を聞いて以来、太平洋戦争画集に興味を持つ少年であった。13歳の夏休み、ベトナム戦争下の米軍三沢基地で、戦闘機のノーズアートを手掛ける画家の伯父宅で過ごす。伯父の隣人で、空軍パイロットだった夫の戦死を悲しむ夫人の姿を目の当たりにし、戦争の残酷さを感じた。この時期、米軍将校日系二世と運命的な出会いをはたす。

1980年渡米。日本と米国の狭間で数奇な運命をたどる日系二世兵たちの取材を開始。ハワイを起点とし、米本土やイタリア、フランス、ドイツなどヨーロッパの戦跡を訪ね、彼らの軌跡を記録し続ける。1995年より「21世紀への帰還」と題して銀座ニコンサロンで写真展を開催。同写真展は2015年の第6弾まで続いた。撮影と共に肉声を録音した二世帰還兵の多くが鬼籍となった今、彼らから伝えられた世界平和へのメッセージのバトンを繋ぐ使命を感じている。

2003年に日本リアリズム写真展特選、2004年に伊奈信男賞、2005年に宮城県芸術選奨賞、2020年に宮城県教育文化賞などを受賞。ダニエル・イノウエ上院議員肖像写真が全米日系人博物館に収蔵、イタリアアンツィオ上陸博物館に著作収蔵、中国清華大学に知性12人肖像写真収蔵、シカゴ日本広報センターに写真集『Home美しき故郷よ』収蔵、立命館大学平和ミュージアムに本書収蔵ほか。

論創ノンフィクション016

Ｊａｐ（ジャップ）と呼ばれて

2021年12月1日　初版第1刷発行

著　者　宍戸清孝
発行者　森下紀夫
発行所　論創社
　　　　東京都千代田区神田神保町2-23　北井ビル
　　　　電話　03（3264）5254　振替口座　00160-1-155266

カバーデザイン　奥定泰之
組版・本文デザイン　アジュール
印刷・製本　精文堂印刷株式会社
編　集　谷川 茂

ISBN 978-4-8460-2099-6 C0036